LOS VIERNES, EL PARO DUERME...

Premio Ateneo Joven de Sevilla
de Novela 1998

Mar Cantero

Título: Los viernes, el paro duerme…
2000 Mar Cantero
www.marcantero.com
Diseño dcubierta: DALL-E
Foto autora: Jose Luis Barbuto

Para Él, el único ser con empleo fijo.

Dedicado a todos aquellos parados que me prestaron sus experiencias para la realización de este trabajo. Y a los que no me las prestaron, aquellos que se dejaron robar...

4

Primer aviso:
Las presentaciones

La historia comienza un jueves, como todas las cosas cuya felicidad depende de ser el centro de atención. Es un jueves cualquiera, mitad de semana, en la mitad del mundo, en la mitad de un país, España...

En una ciudad, la mía, la castiza, Madrí... (Ahórrame la última consonante ya que aquí brilla por su ausencia en la pronunciación callejera, permíteme este inocente atisbo de chulería...es lo único que aún no se ha borrado de mi mnemónico argot).

Entremos en el arca de cuatro paredes, cuyo espacio invisible se ha llenado de sueños, imposibles como todos los sueños hasta que la ansiada metamórfosis los transforme en realidades.

Acompáñame en la contemplación de su agreste mobiliario. Tímidas luces que asoman desde las esquinas del techo; altas estanterías que sostienen bártulos y enseres personales y personalizados; botellas en cuya transparencia se encierra el contenido embriagador, que es al hombre como la gasolina es al coche, alimento de ánimo e impulso; paredes forradas de fotografías rupestres de un Hollywood olvidado y añorado hasta por aquellos europeos y europeístas que se mofan de un americanismo aparentemente en desuso; una araña de luz y color que cuelga del techo y amenaza con devolvernos al pasado; y desmullidos y enanos sillones que acosan en círculo a mesitas redondas.

En uno de esos sillones está sentada una de las víctimas de la virulenta epidemia de la que te hablé en páginas anteriores.

Quiero presentártela. La llaman María, como a la Virgen, pero su doncellez fue violada hace algunos años por la referida peste que come y carcome los sueños y las fantasías, con la sangre fría de LA NADA de Michael Ende. Vil azote que penetra en un espíritu sin avisos ni amenazas, sin forma ni color. Con la aplastante actitud de continuar, sin prisa y sin pausa, con la estática crueldad de LOS LAGOLIEROS de Stephen King, con la meta alcanzada en la salida, y el premio amañado con antelación.

Se adueñó de su mente y consiguió engullir el positivismo de María.

Mírala. Está sola. Y en la soledad, el humano piensa, medita, y da vueltas y vueltas a los recuerdos. Que... ¿Qué recuerdos?, me pregunta tu voz inaudible pero que presiento e intuyo. Los recuerdos de un pasado desbordado de tentativas de adquisición del más suplicado de los derechos humanos, un empleo. Sencillo. ¿Verdad? Fácil, me dirás con la lógica sinceridad de no haber presenciado parte alguna de su vida. O quizá, pienses lo contrario, según te haya ido en la lucha...

Pero no permitas que me prodigue más en la primera presentación. Prefiero que conozcas a María, como a todos los demás, según vayas pasando las páginas. Regresemos al punto de partida...

Continúa sentada en uno de los sillones. Los otros cuatro esperan vacíos la llegada de algunos que suelen acercarse hasta aquí, sobre las nueve y media, y casi todos los jueves, para contarse sus peripecias o su monotonía (depende...), dando por terminada la semana.

Y es que mañana es viernes. Y el viernes es un día de preparación, de planes, de comienzo de un fin de semana que probablemente les alejará de sus aburridas realidades, de sus desesperanzadas vidas, y de la mortífera espera del paso del tiempo.

María, que confía en que el tiempo avance y avancen también las circunstancias, mutantes por naturaleza y destino, espera la llegada de los cuatro que completan el quinteto de lo cotidiano. Aguarda la venida de esa estrecha confianza que aún sustentan, a pesar de las tentaciones propias de la amistad.

Y en tres horas, o en cuatro para los menos madrugadores, hablarán sobre el futuro, tema preocupante y sino fatal del ser humano.

Permíteme que desvíe tu mirada hacia la pared forrada por la alta estantería. Dirige tus osados ojos hacia la barra, tras la que se oculta "El ruso", como le llaman desde la adolescencia, por la simple coincidencia de haberse puesto su madre de parto en Barcelona, durante un viaje de placer. A mí, que no me gustan las diferencias, me resulta un tanto absurdo, ya que su familia es de Plasencia.

Pero lo más gratificante para sus amigos es que él se siente muy madrileño y madridista (que no viene a ser lo mismo) y oculta su carnet de identidad bajo un temperamento de gato, inevitable. Y es difícil conservar ese temple felino cuando la savia de las raíces extremeñas (o las andaluzas, que son las que me engendraron a mí) se clarean tras los rasgos de una cara más o menos identificable.

Quizá no ame tanto a esta ciudad como se empeña en aparentar, pero aspira sin decirlo, a que algún día sus conocidos olviden el apodo que le designa, lastre que lleva con más o menos sentido del humor, según le haya ido la tarde y según se haya llenado la caja.

Y yo me pregunto... ¿Qué hay de malo en ser catalán? Pero el mundo es así, cruento y depravado, y Madrí, está llena de madrileños.

Ese es el gran sueño de Carlos. El otro es hacer dinero para que su aparente generosidad en su vestir y en su hacer, supriman definitivamente el significado de "rata" que implica el mote que sobresale de su mirada infantil desde la infancia, y que afortunadamente no practica.

Me preguntas si Carlos es uno de los que conforman el quinteto que vamos a conocer. Pues bien, a pesar de no ser uno de ellos, he creído importante que le conozcas porque hace la función (aunque involuntaria y forzosa) de paño de lágrimas con respecto a los cinco. Es el escurridor del llanto ajeno. Es un hombro amplio y cómodo, con apariencia de hombre. Y también fue joven, y sufrió los mismos problemas que los cinco jóvenes de los que trata esta humilde historia.

Pero sigamos con lo que nos ocupa. Observemos a Carlos en su ambiente de eterno relaciones públicas.

Ha preparado un cubata (deformación de aquella frase que nos hablaba de la libertad de un país cuyo nombre nos hace pensar en alcohol. Pero... ¿A quién le importa ya Cuba? Además, creo que ya no es libre) con su sonrisa incondicional y su prisa de trabajador, por volver a colocarse en su puesto, tras la barra, (escudo fiel que repele el dolor ajeno) y se lo lleva a María.

__ Un Bacardí... ¿En jueves? __ pregunta ella con total sumisión ante la copa que ha aparecido súbitamente sobre la mesa __ Pronto voy a empezar esta semana...

__ Si quieres, te traigo una Coca light __ dice Carlos cogiendo la copa de nuevo y haciendo el gesto de echar a andar.

__ No, déjalo __ le explica María con rapidez.

Sabe que a Carlos hay que hablarle con la claridad de lo breve y con la brevedad de la llaneza, porque se mueve con la agilidad de un céfiro vientecillo y la soltura de saber, en cada momento, a donde se dirige.

__ Si da igual, si me lo voy a beber __ afirma con esparcimiento.

Carlos vuelve a dejar la copa sobre la mesa, le dedica una sonrisa y arruga la nariz.   Se va, no tiene tiempo para contestar. Y María mantiene la imagen de su último gesto. Un gesto que sabe, fue creado para ella. Porque el mágico ingenioque posee Carlos, le hace capaz de inventar una mueca para regalar a cada persona.

Lo más asombroso es que los recuerda de una manera instintiva, sin esfuerzo, aunque probablemente algunas las repita más de una vez. Pero esa mueca, no. Ese gesto es sólo para María, ese arrugamiento de nariz gracioso y ocurrente, que encierra un compasivo cariño y una dulce condescendencia, nunca se ha dibujado en su cara al dirigir su mirada a otro rostro. María se puede sentir orgullosa, porque ninguna nariz se arruga de una forma tan consoladora como la nariz enrojecida y chata de Carlos.

Pero sigamos con los hechos. Continuemos presenciando el presente. No dejes que vaya saltando como una liebre entre el contenido y el continente de esta historia. Sigamos pues, observando...

Carlos ha regresado a su puesto, tras la barra, y comenta alguna broma con el grupo de despistados que han venido por casualidad y que apuran el alcohol de sus vasos con la prisa del aburrimiento, y fuman y fuman, y se ríen porque Carlos les ha contado un chiste (propiedad de un calvo, héroe nacional que es chiquito y vive en una calzada...Ahora no recuerdo su nombre) y el humo se une con las risas y forman una mezcla explosiva que requiere más alcohol, y Carlos aumenta la caja, porque hay que tener alcohol en el cuerpo para aguantar la soledad acompañada de los amigotes de siempre, y sus tonterías contadas mil veces, y los recuerdos de los intentos fallidos de ligue de cada madrugada del Sábado, que se acerca una vez más con su hacha de frustración.

De ahí, las cabezas cortadas de aquellos cuatro despistados que miran de vez en cuando hacia la sugerente soledad de María, con un...por si cuela...escrito en sus ojos.

Esta, baja su mirada con resignación.

De repente, la puerta se abre a su izquierda, con dificultad y con un empujón, y Rebeca (otra de las tristes víctimas que me afanaré en presentarte) avanza mientras su mano suelta con disimulo el picaporte.

Sabe que hay que apretar para que la puerta encaje, quede cerrada, y no escapen las quimeras que sobrevuelan este recóndito espacio, pero... *¡Ya lo hará otro!,* piensa.

Para una mejor comprensión por tu parte, te diré, guerrero que aún te afanas en leer este torpe intento de escribir literatura, que la dejadez es una de las virtudes más cómodas de Rebeca. La otra, es la puntualidad que la adorna los días de diario sólamente. Los fines de semana, pierde esa cualidad británica en pos de la restauración de su efigie (como ella suele decir con gran sinceridad) y lo consigue, sale de su casa como una top model, pero... ¿A costa de qué? De llegar una hora tarde y perderse el principio de la velada. Aunque a ella no parece preocuparle demasiado, pero es que... ¿Hay algo que a Rebeca le preocupe en demasía?

María, la ha oído varias veces lamentarse de sus jornadas depresivas, pero siempre ha jurado por su carácter observador y su aguda psicología natural, que jamás ha notado melancolía en su interior.

Y María la ve a todas horas, porque es su hermana y comparten el baño. Sin embargo, yo la creo, ya ves. Rebeca no sabe mentir...

Prosigamos la atención tras este breve inciso que, ruego me disculpes.

Rebeca sigue avanzando, se dirige a la barra con la cabeza levantada oteando la poca vegetación de este paisaje humano. Su altura, más que recomendable, le permite ver las cosas desde un punto de vista en el que, sin duda, se han de ver diferentes, al menos con más seguridad y determinación.

Se acerca hasta Carlos mientras la voz electrizante de Prince, acompaña sus pasos seguros de tacón alto (para recochineo y burla de los que somos bajitos y andamos por este mundo, pegados a la tierra como margaritas entre los árboles).

Perdón por este alarde de expresividad poética. Se me ha escapado...

Le saluda, le pide una copa y mientras espera a que le sirva, descubre a María al fondo, junto a la puerta, por donde ella acaba de pasar, y se ríe...No te había visto...articulan sus labios carnosos (recreación a escala menor, de los labios de una cantante de blues).

María sonríe. ¿Y qué va a hacer? Rebeca es el despiste disfrazado de mujer...

Se acerca con la copa en la mano... ¿Qué pasa, Mari?...saluda disminuyendo aún más si cabe, la identidad de María...No te había visto... repite...Estás aquí escondida...

__ Bueno, desde aquí se ven mejor las cosas __ contesta María defendiendo su posición de observadora perpetua.

Rebeca se sienta junto a su hermana.

¿Te das cuenta, personaje secreto? Ya sólo quedan tres sillones desocupados. Prosigamos en nuestro avance...

__ No hay mucho que ver, la verdad __ afirma Rebeca oteando de nuevo __ ¿No han venido estos?

__ No, aún no __ responde María sabiendo a quiénes se refiere, a los tres que brillan por su ausencia. A los tres sudamericanos; a los tres mosqueteros; a los tres de la madrugada, etc.

Olvida esta absurda adivinanza. Me cuesta mucho esfuerzo sujetar identidades cuando las conozco todas. Pero sé que tú aún las ignoras, así que, continuemos con esa trivial conversación del primer encuentro.

__ ¿Llevas mucho tiempo aquí?

__ Desde las nueve. ¿No habíamos quedado a las nueve? __ pregunta María con una clara segunda intención.

__ Para que veas que yo no soy la que más tarda en arreglarse __ responde su hermana, siempre a la defensiva en lo que atañe a su puntualidad.

__ Hoy es jueves...

Ahí está la explicación al milagro...

__ El sábado tardé una hora sólamente __ Rebeca sonríe con ingenuidad __ ¡La gente se sorprendió!

__ Una hora... ¡Qué poco!

María no puede evitar la ironía, defecto (o virtud, según se mire...) propia de su carácter y personalidad de vidente de situaciones, respuestas, reacciones y hechos del futuro inmediato.

__ Esto está muy solo, ¿no? __ Rebeca vuelve a otear con la noble intención de variar el tema de la charla.

__ Como todos los jueves...

__ Pues, el otro día, me pareció que había más gente, ya ves.

Este diálogo de besugos te será útil, querido acompañante, para aceptar que Rebeca compensa su despiste con una imaginación que aparece cuando se siente incómoda y entonces recuerda la comodidad que sintió la última vez, así no tiene que reconocer que le parece absurda la costumbre de reunirse un día a la semana.

__ ¡Ay!, ¡Qué bonita!

Rebeca expresa con gran impulsividad el cambio de canción que se sucede en la oquedad existente bajo la escalera, que hace las veces de cabina.

__ ¡Que extraño que Carlos ponga a Prince! Es la primera vez que lo pone desde hace años...

María mueve la cabeza a ambos lados, derecha... izquierda... negando con alevosía. ¡Yo tampoco comprendo ese despiste!

__ Cuando has entrado estaba sonando la canción de Kiss.

__ ¿Sí? __ sonríe Rebeca, se asombra de sí misma __ ¡Pues no me he dado cuenta!

Ahora soy yo quien mueve la cabeza y sonrío. Es inútil, pero sé que Rebeca, compañera de María de fatigas y anécdotas sin fin, no puede usar dos sentidos a la vez. ¿Cómo te lo puedo explicar sin que resultase exagerado? Ella es muy inteligente, pero al igual que le cuesta distinguir la derecha de la izquierda, (seguro que por no atender a las explicaciones de "Coco" en Barrio Sésamo) tampoco puede oír cuando vigila, observa, mira, y planea sus pasos siguientes.

¡Atención! La puerta se ha abierto. Te presentaré, es Pepe. Ya van llegando todos...

Se para, mira a todos lados, ve a las dos hermanitas... (Pepe lo controla todo en un segundo) se acerca...

__ ¿Qué pasa? __ reparte besos a trío. Se quita la cazadora, piel eterna sobre su cuerpo de atleta venido a menos, se sienta __ ¿No han venido estos todavía?

__ No __ contestan a dúo.

Mira la hora en su reloj... *¡Ya son menos veinte!*...

Pepe vive agobiado bajo la pezuña de una bestia estresante y monstruosa, la prisa. Y ya se sabe...*No por mucho madrugar...*

__ Bueno, Pepe. ¿Qué tal? ¿Qué has hecho este fin de semana? __ pregunta Rebeca siempre con su interesada y complaciente curiosidad.

Pepe sonríe saboreando la frase que va a dejar emanar de su boca.

__ Pues...(¡Sabe a miel!) He estado haciendo paracaidismo.

Ha conseguido que Rebeca exclame...*¿Sí?*...con los ojos abiertos como platos...*¿En un fin de semana?,* aclara estirando su cuerpo.

__ Empecé el viernes por la tarde y el domingo...me tiré.

__ ¿Te tiraste? __ reitera Rebeca.

Pepe asiente con orgullo mientras juguetea con un plástico del paquete de tabaco que acaba de abrir, entre sus dientes.

__ ¿Y qué tal? __ insiste Rebeca.

Pepe asiente repetidas veces, mira hacia atrás...Este Carlos...¿Ya no sirve en las mesas?, se levanta deprisa y se acerca a la barra.

Rebeca pregunta a su hermana su opinión, con una mirada.

__ Está loco __ dice María casi en un susurro.

__ ¡Está loco! __ repite Rebeca mostrando su dentadura __ Y se va...y no nos lo cuenta.

Se ha quedado con la duda y esa desazón le bulle en el estómago, pero es que Pepe siempre deja con la duda. Le gusta crear tensión a su alrededor y después, esperar las ovaciones con una expresión medio seria medio sonriente (sin par Monnalisa) que oculta la gran satisfacción que siente de sí mismo.

Mira, querida vista que navegas por estas palabras, entre la intrincada tirantez, la puerta se abre de nuevo. Es nuestra cuarta víctima desflorada por la bestia negra de la que te hablé al principio de esta narración, cuya identidad descubrirás a medida que avances en la lectura. Si es que no lo has adivinado ya...

Se llama Elisa. Cierra la puerta cuidadosa y ante su sorpresa, la puerta vuelve a abrirse con la desmesura de un vendaval.

__ ¡Ay! ¡Qué susto! __ exclama.

El vendaval se llama David, y como su homónimo, es capaz de derribar obstáculos monumentales con el mañoso uso de un tirachinas.

David mira a Elisa, y a las demás que esperan aún sentadas.

__ ¿Qué pasa? __ dice Elisa besando a las de su especie y sexo __ ¡Me ha dado un susto...! Estaba cerrando la puerta y de pronto... __ se ríe, o más bien el volcán de su interior expele una fuerte carcajada __ ¡Casi me lanza contra la barra! __ vuelve a reírse, frenética. Casi me contagia. Sus enormes risotadas son capaces de contagiar a cualquiera.

¡Qué lástima, compañero de visibilidad, que tu sentido auditivo no pueda ser utilizado en esta ocasión! Quizá, con el tiempo, ¿Quién sabe?...los libros puedan ser oídos...

Elisa prosigue con su relato. Todos han presenciado el momento, pero no importa, ella lo cuenta otra vez, y las veces que haga falta, y desvaría... ¡Es tan expresiva!

Mientras, David se acerca despacio, sin dar demasiada importancia al encuentro. Y es que nada le sobrepasa, ni desborda su rígida tranquilidad emocional. Se quita la chaqueta, se sienta, y hasta que no está totalmente acomodado, no dice nada, y de repente dice... *¿Qué pasa?*...

¡STOP! Perdóname, por hacer uso a mis anchas de este merecido paréntesis en la narración, pero este último saludo está pidiendo a gritos una crítica aclaratoria de su casi insultante notoriedad.

Me preguntas, con la lógica curiosidad que denota a tu espíritu... ¿Por qué saludan todos de la misma manera?

Quizá no entiendas o puede que nunca te hayas parado a pensar la razón, pero, ¿sabes cuánto significado encierra esa pragmática frase?

Tú y yo sabemos que podrían decir un sencillo...¡Hola!... pero, ¿Qué es un hola sin la protección y compañía de esas dos palabras que lo dicen todo?

También podrían suplir esa ya mítica oración simple, con un... ¿Qué tal?, pero eso parece referirse sólo al estado físico y la intención de nuestros personajes va más allá de la salud.

Pronunciar un... ¿Cómo estás?... huelga en estos encuentros porque ya saben que están bien, puesto que han acudido a la cita semanal.

¿Y proferir un educado... ¡Buenas noches!...? Hacer uso de tal elegancia podría quedar fuera de lugar.

En resumen, un... ¿Qué pasa?... a tiempo, y modulado con la gracia chula de los madriles, es como el sonido de las olas al romperse; como un trueno en el fragor de una tormenta de verano; como un "Olé" ante un buen cuerpo; es...el TODO.

Si esta generación no tiene nombre, excepto esa incógnita (x) con la que algunos ignorantes y descerebrados se han molestado en denominar, ahora tú y yo, podemos asignarle uno en proporción a su lenguaje. La generación del... ¿Qué pasa?

Y ante un... ¿Qué pasa?, cualquier respuesta es buena.
__ Aquí...

__ Tomando una copa... (adjuntando una sonrisa ladeada).

¿No te lo había dicho? Cualquier respuesta es válida ante esa mágica frase, ante ese sonido melodioso que denota tanto interés desinteresado. Y esa frase de embrujo, quedará en presa en la memoria (como el ABRACADABRA de los prestidigitadores, el ABRETE SÉSAMO de los cuarenta ladrones, y el AVE CÉSAR de los romanos) para uso o desuso de las generaciones futuras.

Mi explicación ha terminado por ahora...

Pepe regresa a la mesa. Creo que no hace falta que te diga la frase que acaban de articular sus labios, para saludar a los recién llegados.

__ Bueno..¿Y qué, Pepe? Cuéntanos __ suplica Rebeca por enésima vez.

__ ¿No bebéis nada?

__ Ahora... __ contesta David.

Pepe vuelve a levantarse... *¿Qué queréis?*...

__ Un whisky.

__ Un vodka con naranja __ asegura Elisa __ No, no, espera __ se arrepiente __ Una CocaCola __ No, no, mejor no __ se parte de risa __ Un vodka con naranja. La Coca me da gases y luego Pedro se queja.

Se escuchan nuevas y fervientes carcajadas ante la referencia de Elisa a su novio. Pepe se aleja. Es capaz de invitarles con tal que la tensión siga aumentando.

Supongo que ya vas conociendo su peculiar naturaleza de egocéntrico retrógrado.

Por fin ha vuelto. Quizá esta vez nos enteremos...Coloca las copas sobre la mesa. David coge la suya y...

__ ¿Esto qué es? __ pregunta Elisa.

El volcán carcajeante entra de nuevo en erupción.

__ Tu vodka __ responde Pepe con desconcierto.

__ Te había dicho con naranja __ replica Elisa entre risas.

Esta vez, el despiste de Pepe ha superado al de Rebeca, y es que los eternos arrepentimientos de Elisa vuelven loca la atención del más alerta.

__ Bueno, cuéntalo ya.

__ No te hagas rogar __ dice David con aparente exasperación.

__ ¿Cómo fue la bajada? __ pregunta Rebeca con la ilusión de que ella lo hará algún día.

El silencio es absoluto. Sólo a Prince se le permite adornar la tensión que se puede cortar con cuchillo, antes de que Pepe relate la acción.

Pepe extiende los brazos abarcando el infinito y exclama. Fue... ¡Alucinante...!

Se ha roto el silencio. Suspiros, ruidos de copas que chocan contra la mesa, ovación, comentarios...

__ Me dice Javier __ continúa __ ¡Mira bien antes de aterrizar! ¡Controla!

__ ¿Quién es Javier? __ pregunta María.

Comparto su desagrado más que curiosidad. Pepe suele hablar de sus conocidos con la confianza que se usa al hablar de amigos comunes, y... ¿Quién sabe nada de ese Javier? Es esa costumbre tan necia de Pepe, de hablar con nombres propios, lo que fastidia a María.

__ Mi monitor __ aclara sin prestarle demasiada atención, y sigue __ Pero caí un poco mal porque tuve que evitar el lago, y me hice polvo la espalda.

Pepe siempre está metido en líos con esto de los deportes. Claro que...él se los busca. Siempre tiene algún deporte en la boca...*jogging*, *footing*, *puenting*, *nosécuanting*...todos menos el tumbing que es el de menor riesgo y mayor descanso. No puedo culparle, lo hace con la intención de alegrar su invariable vida de común mortal. Debe ser duro ser tan normal...

__ ¿Y tú, Elisa? ¿Qué tal esa entrevista? __ pregunta María refiriéndose a su búsqueda de empleo, robándole a Pepe el protagonismo.

__ ¡Fatal! El tío pretendía que hiciéramos la entrevista en su casa. ¡A saber lo que quería!

__ ¿Y de qué era el trabajo?

¡Sabrosa palabra, sí señor!

__ Ni idea. No me lo dijo.

__ ¿Por qué no fuiste? __ pregunta Pepe.

Te aclaro que esta es una pregunta que se basa en la ignorancia masculina, y no en un sincero interés.

__ ¡Porque quería que fuera a su casa!

__ ¿Y qué? A lo mejor era necesario __ insiste.

__ ¿Necesario? ¡Y arriesgado también!

Amados ojos que me percibís. No quiero dañar vuestra sensibilidad de macho si, efectivamente pertenecéis al sexo fuerte (¿?), pero he de decirte, para disculpar el comportamiento machacante de Pepe, que es hombre y, además, libre, y no deja de ser hombre jamás, ni por un momento, ni por intentar ocupar el lugar de su amiga Elisa.

__ ¡Ese era un tío raro! __ dice Elisa sabiamente.

__ Has hecho muy bien en no ir __ afirma María desde su feminidad notable y noble.

Pepe la mira con el ceño fruncido y pronuncia su frase del día...*Si no se arriesga, no va a encontrar trabajo...*

Perdón. Soy yo, otra vez. ¿Cómo osa Pepe, pronunciar semejante palabra (trabajo) con tal ligereza? Algunos misterios son inexplicables...

María le devuelve la mirada. Si las miradas matasen...

__ ¡Hay que buscar! __ continúa con su obstinada tentativa de llevar la contraria al personal.

__ ¡Oye, que yo estoy buscando! __ exclama María mirando a Rebeca en busca de apoyo moral.

Rebeca asiente, pero antepone su vida a la de su hermana, la cual empezó antes, y se dispone a contar sus comienzos.

__ Yo empecé a buscar trabajo cuando tenía dieciocho años...

Querida mirada que tienes un halo de paciente santidad recubriendo tu silueta craneal, si llegados a este punto no me has abandonado, reclamo las dos orejas y el rabo para tu inigualable paciencia, y te conjuro a continuar en mi compañía.

Las promesas que te hice al principio del viaje, comienzan tras esta página. Son las aventuras y desventuras de aquellos que ya empiezas a conocer.

Por mi parte, nada más que añadir en este primer intento de atraer tu atención. Si lo he conseguido, confío en que tu curiosidad sea tu alfanje, y lo hundas en la continuidad de este manuscrito (en su principio, esto no fue una simple comparación).

Vuelvo a desafiarte. De ti depende. Las presentaciones están hechas...

El sillón asesino

Tenía dieciocho años...

¿Sigues ahí? Bien...Te doy la bienvenida al primer capítulo de la saga de los jóvenes soñadores; serial interminable que aún está vigente y que aún tiene por audiencia a la mayoría joven de la población. Y a sus más altos niveles porque la serie trata un tema con el que la mayoría se identifica y que está muy en boga en estos tiempos que vuelan...

Te estoy hablando de la aberrante y desgarradora existencia del desempleo... ¡Lagarto, lagarto! Y eso que he usado su sinónimo más dulce, porque conozco otro término que le designa, mucho más diabólico. Pero pronunciarlo es una hazaña que yo, que estaba en el último lugar de la cola cuando Dios repartió el valor, no me atrevo a realizar. Puedes hacerlo tú, si quieres...Yo, no te lo aconsejo. Trae mala suerte. Toco madera y sigo...

¿Has leído la frase que, quedándose en suspense, ocupa la cabecera de este cruento episodio? Una vez más te pido, te suplico, imploro tu compañía en este viaje. ¡Adelante, mi valiente!

Dieciocho añitos de continua ignorancia tenía también la inmaculada María antes de ser quebrantada su ingenuidad pueril, por la petulancia de la regente de la primera empresa con la que se toparon sus ilusiones.

Hasta ese momento fatal, había finalizado sus estudios y mantenía cerrada la boca de algunos, impartiendo clases de inglés a niños listos que odiaban el idioma porque detestaban a sus profesores. Pero María había estudiado para ser traductora del idioma de Tom Hanks y Stephen King, dos de sus ídolos, genios cada uno en su especie...

Sígueme. Hasta entonces nos remitiremos. Haremos retroceder el reloj hasta posar tus ojos en la página primaveral del calendario de un año cualquiera de la década pasada. Sube conmigo al sexto piso de un edificio de Madrid. Uno de esos edificios en los que las oficinas desfilan a ambos lados de un interminable pasillo. Entremos en una de aquellas habitaciones...

María, pura y pubescente, esperaba sentada junto a Rebeca, su hermana, que por ser mayor en edad y en propiedad de conocimientos de la vida, la acompañaba en su primera tentativa de ejercer y emplearse a fondo en aquello que todo ser humano debe hacer, trabajar.

¡Oh, trabajar...! Melódico sonido que se expande en ondas como la música, y como la música no se puede ver ni tocar, y mucho menos, poseer...

Fíjate en ella, espectador paciente, fíjate en la inocua María. Para aquella entrevista se había preparado a sí misma como un plato para presentar sobre la mesa ante unos inconformistas comensales.

Se había arreglado como no era su costumbre. Un bonito, aunque sobrio traje de chaqueta; el pelo liso e irremediablemente pegado a su espalda como una lapa; su cara de luna maquillada para acelerar la venida de la sazón; y unos altos tacones de aguja que sujetaban sus piernas enfundadas en medias de cristal.

Y de cristal era aquella imagen asacada desde la intención de aparentar una responsabilidad que nunca había sido probada ni comprobada. Y tras el reflejo de la ilustrada experiencia, el recuerdo de una frase que le infundía valor...Tú puedes conseguirlo...

María dirigió una mirada a Rebeca que había tosido una o dos veces rompiendo el frágil silencio del ansioso espacio. Adaptándose a ese estado de impaciencia y descontrol que es la espera. Ese estado natural (transitorio en el mejor de los casos) en el que cada uno sobrelleva el tiempo sobrante de la mejor manera. Muriendo un poquito más en cada sabrosa calada que se aspira a un cigarrillo; articulando palabras o susurros en breves y vanas conversaciones; escudriñando paredes y estanterías en un intento de hallar algo que nos divierta; dejando escapar el aire por entre los labios curvados en forma de tubería, por la que salen retazos de melodías aprendidas subliminalmente; poniendo un pie delante del otro y al revés, meciéndose en un baile-paseo que se acompaña de miradas perdidas y se realiza con las manos escondidas tras la espalda; dejándose llevar por el mago del sueño que nos confunde, nos envuelve, y nos aisla con sus trucos de sopor y modorra; volando más allá de la realidad con los ojos de la fantasía, a un mundo imaginado; o como Rebeca, expulsando las impurezas por la boca en cortos movimientos convulsivos y ruidosos de su aparato respiratorio.

Tras la espera y la esperanza, alguien se dirigió a ellas haciéndolas pasar a un despacho. María saludó al entrar y Rebeca lo hizo unos segundos después, dirigiéndose ambas a la mujer que, sentada tras la mesa, mantenía una conversación telefónica y lisonjera.

Hablaba como si la letra "s" fuera multiuso para todo el lenguaje castellano, y no la dejaba salir de su boca con normalidad, sino que más bien la arrastraba sibilina por entre los dientes hasta que llegaba a las dos hermanas en forma líquida.

Con un movimiento apostillado de su mano, las invitó a sentarse mientras continuaba sus quehaceres comunicativos de empresaria y de paso, las hacía esperar otro ratito.

Rebeca aceptó rauda la invitación y ocupó su asiento ante la mesa de la mujer que aún no se había dignado a devolver el saludo recibido hacía unos instantes.

María tardó un poco más en aceptar el ofrecimiento tras buscar el lugar más apropiado para abandonar el bolso (peso adicional que no está acostumbrada a cargar). Sin éxito alguno en su búsqueda, lo dejó en el suelo y decidió ocupar su asiento en el mismo instante en el que la mujer colgó el auricular del teléfono y consintió en saludar al fin.

Y de repente... ¿Cómo podría describírtelo? Intentaré hacerlo lo mejor posible.

María se topó de espaldas y desarmada con la aplastante verdad de la fugacidad de lo importante. Comprendió que toda aquella preparación estética, las horas frente al espejo (cómplice de la fealdad mañanera), eligiendo el atuendo adecuado para la ocasión, se esfumaron en un segundo de aserción de la realidad.

María se había sentado, y antes de hacerlo era una mujer resuelta y resultona en una entrevista de trabajo (sólo con escribir esta amada palabra, se me hace la boca agua como al coyote cuando está a punto de dar alcance al veloz correcaminos). Pero al sentarse...

Aquel sillón no recibió el cuerpo de María en la blandura de su volumen. Aquel sillón...se la tragó. Casi creyó oir un gruñido, y como si estuviese vivo, arrugó su cuerpo encorvando su espalda, y llevó su trasero hasta su laringe. Jamás se había sentido tan amorfa. Se contempló contrahecha. Aquella mujer recibió en su despacho a una aspirante a traductora licuada por un sillón Moulinex...Un, dos, tres... Levantó la cabeza que sorprendentemente salía de su pecho, sin cuello que la sujetara, y sonrió mientras Rebeca la miraba con asombro y con un interés ajeno de simple espectadora.

La mujer extendió la mano para estrechar la de María, que quiso hacer lo mismo, pero... ¿Dónde estaba su mano derecha? La buscó, pero no lograba verla. Pensó apenas unos segundos (unos instantes cruciales en los que decidiría entre el comienzo de la entrevista o el despido inmediato), movió la mano y....¡Enorme descubrimiento de gran utilidad! La mano estaba bajo su trasero, entre la goma-espuma de aquel monstruo negro de pana gorda.

María dio un tirón y la sacó de su escondite, y al fin, con un poco de esfuerzo y voluntad, alcanzó la mano de la mujer. Se la entregó caliente. La mujer la apretó y la soltó (todo de una vez), y la mano regresó al sillón como la punta de una goma que se suelta tras haber sido estirada.

Tras el razonable sobresalto de María y el posterior y bienvenido subterfugio, es fácil que puedas comprender, espectador invisible, como la voluntad y el denodado esfuerzo de María por conseguir el empleo, se escurrió por caminos inusitados hasta convertirse en algo oculto y esotérico como lo había sido su cuerpo entre la espaciosa dimensión del sillón, asesino de la pulcritud y el esmero.

Entonces fue cuando la mujer, (producto en conserva del esnobismo adquirido por narices), le preguntó sobre sus estudios y sobre su lucrativa mochila (aún vacía para algunos) con la que todos queremos cargar. Me refiero a la divina experiencia.

¿Cómo se le puede pedir experiencia a alguien con la casi insultante edad de dieciocho años?, te pregunto por si conoces la razón. Permíteme hacer una llamada de atención.

Quien tenga la respuesta a este nuevo misterio de la humanidad, que me lo diga, por favor.

Quizá el meollo de toda esta bagatela sea la simplicidad de la envidia. Quizá, esos empresarios que piden peras al olmo, lo hagan llevados por la sana o insana rivalidad que provoca el no poder parar el reloj de sus vidas. Y es que las arrugas molestan, cierto. Pero esa no es razón suficiente para exigir lo imposible a una edad a la que ellos tampoco poseían nada en el petate de la experiencia.

¿A qué ese empeño en convertir un rostro baladí, en una mente sabia pero averrugada? ¿Por qué no dejar que las circunstancias y el azar se encarguen de ir marcando las muescas en la culata del pasado individual?

Pero no hablaré más de esa mochila que algunos han llenado de nobles intenciones. Eso queda para otro capítulo. Tenemos aún mucho tiempo...

Emulando a un camarero de tasca de barrio, María enumeró incansable el menú de lugares en los que había cursado sus estudios...Fabada de lata, fabada de la otra, calamares...y de sopetón, la señora (patrona de las eses sobrantes), le hizo una pregunta que la traumatizada María, aún no ha podido olvidar.

Se levantó, cogió un catálogo de los productos informáticos de su empresa, se volvió a sentar, y preguntó...*¿Sabes lo que es un freelance?*...

María se limpió una "ese" escapada de la boca, como un disparo a bocajarro, a sangre fría (Pero...¿Qué se puede esperar de una frase con tantas eses? Alguna se le tenía que escapar...), y contestó afirmativamente.

La mujer le entregó el catálogo, le pidió que lo tradujera en casa, y las dos hermanas se marcharon sin demasiadas esperanzas.

María lo tradujo en un par de días y se lo envió, y nunca volvió a saber nada, ni de la mujer ni del catálogo traducido que por supuesto aceptó como si fuese un regalo.

Y aquel intento de asesinato por parte de un sillón delincuente, fue la primera tentativa de María con sus credenciales por delante. Cualquiera que fuese la ilusión durante la espera, fue totalmente infructuosa desde un principio. El premio, estaba amañado como en casi todos los concursos de esta índole.

María ya nunca fue la misma tras aquella entrevista. Desde entonces, siente una extremada desconfianza hacia los sillones de aspecto distendido y bonachón...

__ Así que, fíjate que suerte tuve en aquella entrevista.

__ Bueno, pero no todas van a ser así.

__ Ya lo sé. Pero es un rollo esto de hacer entrevistas. Si sale mal, nadie te contrata. Y en una charla no se puede saber si eres apta para el puesto.

__ Ya...

__ Tú tienes suerte, Pepe __ asegura María con mucha razón __ Ya me gustaría a mí tener un trabajo como el tuyo.

__ Pues ya sabes. ¡Hay que moverse...! __ apunta Pepe listillo.

La madre de la Pantoja y...
Zipi y Zape en un burdel

¡Hay que moverse...!

Espero no haberte enchufado con la chispa de la ansiedad en el segundo capítulo. Se trata tan sólo de un hecho (común o no común, según de qué parte estés) que ocurrió en realidad. Por eso no admito exclamaciones de asombro, ni adjetivos calificativos de la exageración de quien esto escribe. La realidad, a veces supera a la ficción. Y el episodio titulado "El sillón asesino", es buena prueba de esta aplastante verdad.

En este nuevo capítulo, probablemente aumente tu sorpresa, mas como en el anterior, te ruego lo consideres como simple hecho o anécdota verídica, aunque quizá un "pelín" singular.

La frase que encabeza este nuevo texto, es una de las que Pepe utiliza con mayor asiduidad. Denomina a su propio yo, y a los hombres emprendedores. Como él suele decir...Echáos p'alante... que mantienen empleos fijos y, además, ganan dinero.

Rebeca es así, echá p'alante. Y con también dieciocho añitos estibados de inocencia e ilusión, con un título de diseño de alta costura en su haber, y la absoluta carencia de experiencia (¡Lagarto!, ¡Lagarto! De nuevo la palabra blasfema de la que te volveré a hablar más adelante. A este paso, invocaré al mismo diablo), mantenía la mente en la fijación del primer premio de un concurso de nuevos talentos del diseño, al que se había presentado hacía varios meses, cuya organización pertenecía a unos grandes almacenes de todos conocidos y cuyo nombre me ahorraré por su apariencia anglosajona.

Es todo lo que la censura me permite revelarte. Lo siento. No puedo darte más pistas.

Presentó su colección y ni que decir tiene que aún no sabe cuál fue su destino. Tras aquel Hollywoodiense montaje se ocultaban algunos diseñadores un tanto faltos de ideas que escondieron su bloqueo mental de inspiración, tras las tendencias de la moda de los concursantes.

Sin embargo, y llamando a la suerte (que no es para quien la busca, sino para quien la encuentra...), aceptó como válida la propuesta de empleo que le ofreció su padre; hombre buscador de puentes y caminos; arquitecto de oportunidades donde los haya; su religión es la determinación y su Biblia, el propósito.

Con estas referencias te será más fácil apreciar, mi supuesto seguidor o seguidora, el volumen de la ilusión que Rebeca llevaba en sus bolsillos cuando, acompañada de su madre (mujer obstinada y voluntariosa, y siempre dispuesta a apoyar a los suyos), se presentó en el taller de un famoso creador (aquí vuelve a imponerse la censura) de esa imposición tan dictatorial que se llama moda.

Traladémonos allí, al momento mismo de la llegada de Rebeca y su madre hasta ese oscuro y enigmático despacho del doctor en diseño y patronismo que había aceptado recibirlas tras una llamada de teléfono de un amigo común.

Y es que, al parecer este arte se crea en despachos y oficinas, donde el mercado se conjunta con la inspiración para una mejor comercialización del producto.

La sala, lóbrega y al principio indescifrable, estaba decorada con sillones, tapices y una gran alfombra de piel de tigre. De las paredes azules colgaban varias caretas africanas de madera oscura, probablemente ébano.

Rebeca las miró desde uno de los sillones en el que estaba sentada frente a la gran mesa de despacho. Se sintió observada por aquellos rasgos firmes, cuadrados, selváticos y salvajes.

Una triste y vulgar cabeza de tigre con la boca abierta y las mandíbulas salientes, mostraba sus afilados colmillos y regía la estancia desde la pared principal, tras el sillón del empresario que aún estaba vacío.

Rebeca se sintió un poco molesta entre los motivos de aquella burda imitación de la cercana Africa. Miró a su madre y expresó su opinión sobre la cargada y cargante decoración que la rodeaba, en una frase exclamatoria.

__ ¡Qué hortera! __ dijo en voz baja __ Podía haber sido un poco menos ostentoso.

De repente y como si hubiesen sido trasladadas a la misma Nairobi, ambas mujeres escucharon el lejano tamtam de los cazadores de cabezas, que emitían aquel ruido amenazador desde su altar de oblaciones blancas.

El sonido desafiante aumentaba su ritmo y Rebeca y su madre se miraron expresando su sorpresa con la boca abierta, el dedo índice pegado a los labios, los ojos desviados hacia la puerta de donde provenía el armónico tamtam, las orejas levantadas y agudizado el oído como un perro de caza en la posición "de muestra", que llaman los cazadores.

El volumen del sonido se elevó brusca y rápidamente, y casi cuando Rebeca y su madre estaban a punto de esconderse bajo la mesa, la puerta de la derecha de la pared en la que colgaba la cabeza de tigre, se abrió.

Una señora, madura y de espalda encorvada, bajita y un poco cojitranca, de pelo corto y castaño, y con unas anchas gafas redondas de pasta con los cristales en verde botella, atravesó la habitación tras el sillón de su jefe, empujando un carrito-perchero, cargado de vestidos y trajes, cuyas ruedas, un poco oxidadas, producían aquel curioso sonido del tam-tam.

La mujer se deslizó tras el sillón presidencial, pegada a la pared y saludó a Rebeca y a su madre antes de salir por la puerta opuesta, la de la izquierda de la pared... ¡Buenas!...

Atravesó ese imaginario pasillo con una sonrisa excusadora y después, cerró la puerta abandonando a las dos mujeres a su libre albedrío y perplejidad.

Inmediatamente después, apareció su jefe, el diseñador y genio creador de las prendas del carrito-perchero. Entró por la misma puerta de la derecha y saludó a Rebeca y a su madre.

__ ¿Qué tal? ¿Cómo estás? __ exclamó femenino, propinando un par de besos a cada uno de los rostros que tenía ante él.

__ Bien, gracias.

__ Bueno...Rebeca, ¿no? __ preguntó mirándola examinador.

__ Venimos de parte de... __ explicó su madre.

__ Eres diseñadora de alta costura, ¿no? __ preguntó haciendo caso omiso a la madre de Rebeca.

__ Sí __ contestó __ He traído unos diseños para que los vea.

Rebeca abrió una carpeta y le entregó los diseños. El hombre comenzó a ojearlos. Primero por encima, después detenidamente, posando su mirada en algunos durante más tiempo, y retirando sus ojos con rapidez de aquellos otros que no parecían gustarle.

De improviso, el sonido del tam-tam volvió a inundar la estancia. La puerta de la derecha volvió a abrirse y el carrito perchero cruzó tras el sillón, de nuevo empujado por la señora encorvada que volvió a decir... ¡Buenas!...

Rebeca y su madre la saludaron y la mujer desapareció por la puerta de la izquierda.

__ Tienes talento __ aseguró el diseñador.

El rostro de Rebeca se iluminó por un tímido momento que compartió con su madre.

__ Pero no son del estilo de esta firma.

El rostro de Rebeca se volvió a endurecer, y su madre le dedicó una mirada compasiva y cómplice.

__ Mi firma es de muy alta costura, y tus diseños son muy buenos, pero, yo diría que más bien son de prêt-à-porter.

El diseñador miró a Rebeca, la observó, miró de nuevo los diseños, los observó, y volvió a mirar a Rebeca. Y tras el incomprensible juego de miradas, volvió a hablar.

__ Sin embargo, quizá pueda contratarte como maniquí personal.

__ ¿Eso qué quiere decir? __ dijo la madre de Rebeca esperando por fin la atención de su eminencia.

__ Ese trabajo consiste en prestar su cuerpo para que yo le pruebe mis diseños antes de que los pasen las modelos.

__ Estaría aquí con usted... __ dijo la madre __ ¿Sola?

__ Sí __ afirmó __ Trabajaríamos juntos. Serías...la musa de mi arte.

__ La musa de su arte... __ repitió la madre de Rebeca, no muy convencida.

__ Vamos a ver...Levántate, guapa __ pidió el diseñador.

Rebeca le obedeció enseguida. El hombre cogió un metro y rodeó su cintura con él, después las caderas, y por fin...el pecho.

La puerta volvió a abrirse y aquella señora encorvada y extraña entró de nuevo... ¡Buenas!... pero esta vez no volvió a salir enseguida. Se quedó tras el sillón mirando al diseñador que tomaba medidas a Rebeca.

__ Tiene demasiado pecho __ exclamó.

__ Sí, tienes razón __ afirmó el diseñador midiéndolo directamente con su mano abierta.

Rebeca notó que la tocaban, pero...

__ No importa. Se lo aplastaremos. Ya te puedes sentar, guapa.

La señora continuó empujando el carrito-perchero hasta desaparecer por la puerta de la izquierda una vez más.

__ Bueno, piénsalo, nena __ continuó el hombre, alegando que los diseños de Rebeca no eran de una costura tan alta como su altivez, su soberbia, y su prepotencia de eminente diseñador. Aptitudes que se requerían para el peón que ocuparía el puesto.

Pero el hombre, en su sabiduría y atendiendo por primera vez a la madre de Rebeca, no se quedó contento hasta que le refirió una observación que salió directamente desde su alma femenina en un cuerpo erróneo. Y digo bien, porque se creyó en la necesidad de decirle con buena voluntad, lo que pensaba de su tediosa compañía.

__ Y no hace falta que acompañe a la niña. Ella ya es mayorcita, ¿no cree? __ profirió con evidente arrogancia __ ¡Parece usted la madre de la Pantoja!

¿Qué? Me preguntas que...¿Cómo se sintió la madre de Rebeca? No sé si seré capaz de expresarlo con exactitud.

Puso una de esas expresiones tan peculiares de... ¡Cómo se atreve! ¿Yo, la madre de la Pantoja? ¡Y usted...Rupert, te necesito! ¡Yo ayudo a mi hija en todo lo que puedo! ¡Sólo tiene dieciocho años! ¿Y a usted qué le importa si la acompaño o no?...

Sin embargo, no pronunció esas frases encolerizadas ante la mirada sonriente, aunque disimulada de su hija que luchaba por contener la risa. Haciendo uso de su bien reputada educación, afirmó condescendiente.

__ Acompaño a mi hija porque es muy joven. Es una entrevista de trabajo y nunca se sabe con lo que una se puede encontrar __ explicó con los buenos modales de los que se siente tan orgullosa __ Y la niña sólo ha trabajado una vez, y claro...excusas, excusas, excusas.

...¿Por qué no le digo lo que pienso de él?, se preguntó con malsana intención...No. No merece la pena. Esta gente famosa cree que lo sabe todo. Viene una buscando, solicitando, suplicando un empleo para una hija, y encima se creen con derecho a opinar sobre lo que no les importa. ¡Pues claro que acompaño a mi hija! ¡La niña dibuja como nadie, hace unos vestidos preciosos! ¡Mire, mire! Levántate hija. Este vestido se lo ha hecho ella. Compró el corte una tarde, y a la tarde siguiente... ¡Ya lo tenía hecho! ¿Qué le parece? (Por Dios, señora. No exagere. Discúlpala, ser que atiendes con esmero a sus anchas palabras) No como sus vestidos, los del perchero, que además de caros... ¡Son feos! ¿Y usted se llama a sí mismo diseñador? ¿Y la quiere de maniquí personal? ¿Para qué? ¿Para aprovecharse de su mocedad...?

Pero ninguno de aquellos pensamientos se transformó en palabras. La madre de Rebeca aceptó la muy digna comparación, y apretó los dientes mientras se repetía que cualquier hostilidad de parte de aquel individuo engreído, merecía la pena si su hija conseguía el empleo.

Pero no lo consiguió, y al llegar a casa, Rebeca tuvo que olvidar su opinión sobre la posibilidad de aceptar aquel trabajo diferente, bajo el alegato de su padre que dijo...La niña no va a estar desnudándose delante de ese tipo, guripa, chulo, etc...

Pero...sobre caprichosas comparaciones Rebeca tiene mucho que hablar. No fue esta la única ocasión en la que, de boca de un "sabelotodo" cualquiera, escuchaba una frase comparativa.

El momento que me dispongo a relatarte, ocurrió cuando Rebeca y su hermana María se encontraban sentadas ante un nuevo empresario que se afanaba en buscarles un empleo.

Sorprendidas por su amabilidad, decidieron escucharle, aunque más tarde, lo lamentaran.

__ Pues...tú podrías trabajar allí. No ganarías mucho, pero... __ decía extrañamente amable aquel buen señor __ pero...no tendrías que hacer nada. Sólo contestar el teléfono.

__ ¿Nada más? __ preguntó absorta Rebeca.

__ Sólo eso y ganarías trescientos euros. Claro que...tendrías que decir que no hay nadie en la oficina...

__ Tendría que mentir...

__ Sí, claro. Es un piso vacío. El año pasado contraté a una estudiante. A ella le venía muy bien porque podía estudiar allí tranquilamente durante todo el día.

__ Estaría sola... ¿Todo el día?

__ Sí. Bueno, en realidad, no. En los otros pisos viven unas chicas que...bueno, ya sabes...trabajan de...

__ ¿Trabajan de...?

__ Son prostitutas. ¡Pero de las caras, eh! ¡No te vayas a creer...que no es mala zona!

Rebeca no sabía qué pensar. Sonrió.

__ Bueno. ¿Qué te parece? ¿Quieres el trabajo?

__ No sé. Tendré que pensarlo.

__ Vale, pero tienes tiempo sólo hasta mañana. Hay mucha gente que quiere este trabajo, aunque, he pensado primero en ti porque conozco mucho a tu padre. Hace tanto tiempo que trabajamos juntos...Somos grandes amigos.

...Con amigos como usted... ¿Quién necesita enemigos?... pensó Rebeca... ¡Vaya un trabajo! Todo el día, sola en un piso que está frente a un burdel. ¿Y si algún cliente se confunde? ¿Y si me aburro? Ya me imagino... ¡Eh, chicas! ¡Si os sobra un cliente, me lo pasáis!...

__ Bien, pues mañana me llamas __ dijo el empresario trayendo a Rebeca de nuevo a la realidad.

__ Está bien. ¿Y para mi hermana, no tiene nada? __ preguntó Rebeca, por si las moscas...

__ No. Lo siento. De todas formas...Si me permitís, os voy a dar un consejo.

Las dos hermanas se prepararon para escuchar con atención el sabio consejo del gran amigo de su padre.

__ No vayáis siempre juntas a buscar trabajo. Es mejor que vayáis solas, cada una por vuestro lado __ sonrió con alevosía __ Es que así... ¡Parecéis Zipi y Zape!

...¡Ahhhhhhh! ¿Qué se creía aquel hombre?, pensó Rebeca...Primero intenta colocarme en un burdel apelando a la gran amistad que profesa a mi padre y ahora...nos llama Zipi y Zape. ¡Los niños del tebeo! ¡Puaf! ¡Malditos enchufes!...

Estos han sido los sucesos que he tenido a bien relatarte para que vayas saboreando las experiencias ajenas en la lucha por la supervivencia del mundo humano. LLegados a este punto en el que ya habrás adivinado al verdadero protagonista de esta obra, he de prevenirte contra la dureza y la crueldad de los capítulos siguientes. Espero que tu sensibilidad, seguramente dañada desde las primeras páginas, soporte tales hechos naturales. Ya se sabe, lo que es capaz de hacer un animal por su alimento.

Pero sé que tu valor supera a ninguna de tus otras cualidades y defectos, ya que, sin él, no habrías llegado hasta aquí. Así que... ¡Suerte y al toro!

__ ¡Hay que moverse...! __ apunta Pepe listillo.

__ Hablas así porque has tenido la suerte de encontrar un empleo normal, y además estás fijo. ¡Eso es suerte, Pepe, no movimiento! __ le dice María, la única que parece atreverse a contradecir al orgulloso de Pepe.

__ Sigo pensando que hay que moverse __ reitera con vanidad.

__ Ya me he movido bastante __ exclama Elisa __ y una se cansa, ¿sabes? Y no he ido a esa entrevista porque no me fío. Porque ya fui una vez a una entrevista en la casa del tío, y resultó ser bastante rara. ¿Os acordáis? Aquella de los gritos...

Los gritos del silencio

Aquella de los gritos...

De nuevo te doy la bienvenida, has llegado al capítulo en el que la originalidad está hermanada con las anomalías del mundo del empleo y sus habitantes. Supongo que tú, como Elisa, nuestra figura en este nuevo episodio, habrás probado de todo durante la incesante búsqueda. Pues bien, sin ánimo de elevar esta anécdota a la cima de la pirámide de la excentricidad, y sabiendo que es tan sólo un caso más en el peliagudo camino del caminante, me veo en la necesidad imperiosa de que lo conozcas y lo tomes como ejemplo de que, en las vidas de algunos, puede pasar de todo. Pero, entremos ya sin preámbulo en la mente de Elisa y comprendamos desde un pequeño, pero muy digno lugar de espectador, los pormenores de este espinoso asunto.

Ella supo de aquel anuncio del periódico en el que se pedían chicas, gracias a una amiga que le aseguró que ganaría dinero fácil y rápido.

No dejes volar tu imaginación hacia lo habitual, no sea que aterrices de golpe y sin tren de aterrizaje.

En el ascensor, Elisa confiaba en no tener que usar la fuerza para despegarse a algún moscón o pulpo como ya le había ocurrido en otras ocasiones. Quizá se lamentara de haberse puesto aquella falda tan corta. Había dado una vuelta a la cintura para acortarla aún más al salir de casa, y es que, delante de sus padres, su ropa era clásica y decente. Por eso se atusaba por última vez en el portal, y ahora lo hacía por reúltima vez en el ascensor. Se alargó el rabillo de los ojos con el lápiz frente al espejo, hasta que la frenada en seco del aparato elevador, apartó con brusquedad su mano del ojo. Salió del ascensor y pulsó el timbre de la puerta, suspiró para que sus nervios, siempre previsores del inevitable destino, dejaran de llamar a la puerta de su sentido común, nunca escuchado.

La puerta se abrió y ante sus ojos apareció un hombrecillo bajito y delgado que la invitó a pasar, al tiempo que se disculpó por el aspecto descuidado de su apartamento. Elisa echó de menos la disculpa del hombre por su aspecto personal, ya que el albornoz descolorido y las zapatillas de cuadros que vestía, hacían juego con una cama deshecha que se erigía en el centro del salón; unas cuantas latas abiertas y vacías sobre la mesa en lugar de un adorno floral; un montón de papeles aceitosos desparramados por el suelo; y un aroma a atún en aceite que emanaba del cuerpo del hombre a cada uno de sus movimientos.

Sin embargo y aunque no podía disculpar la suciedad ni, aunque partiese de algo tan pulcro como el arte, Elisa comprendió que el hombre era un artista. Un bohemio de vida desordenada que según le explicó, había compuesto un sinfín de melodías para las cabeceras de los más famosos programas de televisión.

__ ¡Qué casualidad! __ exclamó con voz muy fina el hombrecillo __ Esta mañana me he levantado pensando que lo que necesito es una mujer.

__ Hombre... __ masculló Elisa con perplejidad, pero atusándose el cabello en un intento de recuperar el talante perdido, tras la repentina declaración de aquel gran ...¡Genial!...especial... inigualable artista __ Hombre... __ repitió mirando el pecho velludo de su interlocutor y posible amante.

__ No, no quiero que me entiendas mal __ se explicó __ Es que...verás. Entre la melodía que he compuesto para el programa, quiero introducir algunos sonidos femeninos como...

__ ¿Gemidos? __ preguntó Elisa con rapidez.

No me preguntes por qué hizo esa pregunta tan sugerente. A veces los personajes de una historia viven sus vidas sin contar con la mente creadora. Estoy exenta de culpabilidad.

__ No __ respondió el artista con la misma rapidez __ Gritos. Necesito gritos de mujer.

...Siempre estás pensando en lo mismo... pensó Elisa lamentándo-se en silencio.

__ Necesito gritos de mujer, de varias mujeres. Si quieres...tu voz podría aparecer en la cabecera. ¿Por qué no lo intentas?

__ No imaginaba que el anuncio del periódico fuera para trabajar...gritando.

__ Bueno, no es para eso. También necesito a alguien que copie mis partituras y mis letras, pero...hoy necesito gritos.

__ No. Yo no podría...

Elisa se hizo rogar. Esa clase de trabajo no entraba en sus planes para aquella mañana.

__ Venga, inténtalo. ¡Puede ser un grito famoso! Ponte aquí, detrás de micro.

...Escuché tu grito el otro día. Estaba viendo la tele y te oí gritar...pensó que le dirían sus amigos en el bar de copas habitual... ¡Es fantástico!...¡No he oído nunca un grito mejor!...¡Es el grito más grande de la historia de los gritos!...

La vanidad es humana...

__ ¿Dónde dices que me tengo que poner? __ preguntó convencida.

__ Aquí, detrás del micro...Uno, dos, uno, dos...Bien. Cuando levante la mano...gritas. ¿Vale?

__ Vale __ asintió segura de sí misma y de su voz.

...¿Y cómo lo hago?...pensó en los escasos minutos de tiempo de ensayo... ¡Ah, ya sé! Como las chicas de las películas de terror. Tiene que ser un grito bonito, fino, sensual...Tengo una garganta esta mañana...Tengo que dejar de fumar...risitas...Si me viera mi madre... ¡Si me vieran estos!...

__ ¿Preparada?

__ Sí.

La mano del hombre se alzó, y una enorme "A" se escapó de la laringe enrojecida de Elisa.

__ ¡Aaaaaaaaaa!

...¡Qué mal! ¡Parezco un tío!, pensó avergonzada.

__ ¡No, no! A ver...no articules una "A" tan clara. No queda bien __ le pidió el músico bohemio __ Inténtalo con una "ae". ¿Sabes? Como en inglés.

__ Vale.

La mano volvió a alzarse y...

__ ¡Eeeeeeeeeeee!

__ ¡Pareces una ovejita!

Todos los litros de sangre que Elisa portaba en su cuerpo, subieron para agolparse en sus carrillos, y obviamente, el artista advirtió el color de prohibición en su semblante.

__ Tú, no te cortes __ dijo a pesar de lo que averguenza esa frase de insultante consuelo __ Inténtalo de nuevo, pero esta vez...con más fuerza. ¡Ponle ganas! ¡Ponle pasión! Si quieres...te asusto.

Elisa sonrió cohibida.

__ Venga, vamos allá. Cuando yo te diga...

La mano se alzó de nuevo y...

__ ¡AaaaaaaEeeeeeeeAaaaaaaa...E!

__ Creo que...creo que va a ser mejor que lo hagas varias veces y así, yo, después, puedo elegir la que más me guste, ¿vale?

__ Vale.

Elisa volvió a la carga...

__ ¡Aaaaaaaeeeeeee...Aaaaaaííííí...Aaaaaaayyyyyyy...Aaaa
aiiiiuuu...Aaaaaaa...

Ooooooh... ¿Ooooooiiiiii?...!

__ Vale, vale __ suplicó el hombre __ Mira, creo que hoy
no tienes la voz demasiado afinada. Si eso, te llamo otro
día, ¿sabes? Creo que va a ser lo mejor.

En el amargo momento del rechazo, el timbre de la puerta sonó insistente y a la vez compasivo.

__ ¿Sí? __ preguntó el artista al abrirla.

__ Oiga... ¿Qué está haciendo ahí dentro? __ preguntó
asustada una vecina que venía ataviada con los rulos y la
redecilla del pronto auxilio __ ¡He oído gritar a una chica!
¡Déjeme entrar o llamo a la policía!

Elisa escuchó las palabras de la mujer, cogió su bolso y
se acercó a la puerta con la noble intención de...huir. El
compositor intentó evitar que entrara, pero la vecina entró,
como la pelota de aquel tenista cabreado. Miró a su alrededor, miró a la cama que aún estaba deshecha, miró a Elisa
y dijo...

__ ¡Vaya un susto que me ha dado, señorita! ¡Con las cosas
que pasan ahora en el mundo! ¡Tanto crimen! ¡Tanta viola-
ción! ¡Tanto apuñalamiento! ¡La próxima vez...a ver si son
ustedes más discretos! Todos hacemos nuestras cosas, pero
en silencio. ¡En este edificio hay niños!

Elisa quiso huir. Deseó correr avergonzada por aquella
escalera que la esperaba frente a la puerta, deshonrada por
el pensamiento de la mujer, tras la terrible confusión. Pero
la mirada retadora de la vecina se lo impidió. Estaba como
hipnotizada por la bata rosa de guata que se le acercaba
lentamente como en una pesadilla, para recriminarle su
comportamiento libidinoso y abyecto.

__ Y usted, señorita... ¡No sé cómo no le da vergüenza! __
gritaba la mujer encolerizada, con las venas del cuello ten-

sas como cuerdas a punto de romperse. Con el gesto de almacenar saliva en su boca para escupirla después sobre la cara de Elisa. Con sus ojos asesinos deseando matar a los viciosos como ella __ ¡A las once de la mañana y ya, dale que te pego!

Elisa se dio la vuelta y corrió por las escaleras al fin.

__ ¡Oye! __ le gritó el artista ajeno a su vergüenza __ ¡No me has dado tu número de teléfono! ¡Ni siquiera sé cómo te llamas!

__ ¿No sabe cómo se llama? __ exclamó la vecina mientras Elisa bajaba volando al primer piso __ ¡Qué vergüenza, no sabe ni su nombre y acaban de estar haciendo lo que no deben, en la cama! ¡Qué juventud, Señor! ¡Qué juventud malsana!

Habría sido inútil parar, para explicarle a la vecina lo que en realidad se cocía en aquel apartamento de una única habitación. Y es que, cuando un hecho se sale tan bravamente de la normalidad, puede ocurrir de todo. Y este, es uno de los empleos más anormales y extravagantes de cuantos puede aceptar una mujer joven e inexperta.

Desde entonces, Elisa está curada de espantos. Pero piensa muy bien antes de acudir a una entrevista casera. Porque aquella vez, sólo fueron malas las interpretaciones. Pero en próximas ocasiones, las malas pueden ser las intenciones, y eso no se remedia con las risas del recuerdo, sino con el llanto de un trauma moral.

Pero no nos pongamos serios porque la seriedad es un arma de doble filo que te lleva, entre otras cosas, al aburrimiento. Mejor será echar mano de un sentido que en algunos está oxidado. El sentido del humor. Ya sea británico, negro, amarillo...Me da igual. El que tengas estará bien si lo usas sabiamente para continuar a mi lado. Aún nos quedan montes y montañas que escalar; ríos y mares que cruzar a nado o en lancha, depende de las fuerzas y los ánimos que lleves. Tanto si te hallas en el mejor de tus momentos, como si te encuentras sumergido en una depresión semanal, que no diaria, te pido otra vez que no me abandones. ¿No querrás que ande sola por estos mundos de Dios? No me desampares en el rellano de la más dura escalinata. No me dejes como a un novio no amado, plantado en la puerta de la iglesia. Cúbreme con tu manto de amistad, y continúa escuchando mi circunloquio, el cual, espero que no te resulte tedioso ni mal intencionado, pues me expreso así con la única razón de avisarte de las cosas de la vida. Antes de que caiga sobre ti la mano negra de la iniquidad y el odio que se siente cuando has llamado y rellamado a cientos, miles, millones de puertas. No decaigas. Mantente firme en la lucha porque tarde o temprano, las cosas buenas tendrán que ocurrir. Y apóyate en las historias y situaciones de estos que te presenté hace dos capítulos. Ellos sufrieron primero, para que tú seas sabio en el oficio de emplearse en un empleo.

__ Creo que no se trata de moverse o no moverse __ argumenta David __ Se trata de si estás preparado o no lo estás.

__ Pero a veces, uno no encuentra otra cosa que...

__ ¡María, tú has estudiado para algo!

__ ¡Y no me sirve de nada! __ replica la pobre María cuyo corazón sólo alberga desilusiones.

__ ¡De eso nada! __ exclama David con su eterno huracán interior __ ¡Yo he estudiado y gracias a eso, ahora puedo elegir...!

A vista de pájaro

¿Puedo elegir...?

Quizá sea que algunos no tienen demasiada suerte, o quizá es que David es demasiado optimista. Es virgen aún en esto de las relaciones con el empleo, y aún tiene fe en sus posibilidades. Acaba de empezar como quién dice, pero... ¿Quién dice que siquiera empezará?

El título de este capítulo explica con gran acierto que se trata de una ojeada al panorama del empleo, que vamos a hacer tú y yo. Será como identificarse con miles de jóvenes que se hallan en tan difícil situación, y es que, ser un parado actualmente, es algo tan común que hasta está mal visto. Y si no me crees, analízate a ti mismo. ¿Por qué cuando te preguntan... ¿Qué haces?... (refiriéndose a tu oficio, por supuesto)... contestas lo que eres y no lo que en realidad se te demanda?

La respuesta correcta debería ser...Nada, estoy parado. Pero no es así. Nunca es así. Ante esa pregunta todos soltamos la retahíla de títulos y subtítulos que albergamos en nuestras alforjas. ¿Por qué nos cuesta tanto admitir que nuestra vida se basa en un gran STOP? No somos culpables de esa gran parada nacional. Somos las víctimas inocentes. ¿Por qué hemos de sentirnos como delincuentes? No robamos a nadie. Al contrario, el mundo nos ha robado un derecho primordial, el trabajo. El oxígeno-bis, como lo ha denominado Juan José Benítez. (Para mí, un mago de las palabras y prestidigitador de realidades), pero es de propiedad pública (dice también este hacedor de arte) y cuando digo pública, me refiero a unos pocos, que no al pueblo que es quien sufre los efectos secundarios de la carencia de dicho oxígeno-bis.

Gracias a esta enorme verdad, puedo imaginar a David, o más bien recordar la postura que ha adoptado en su vida, pero ya me conozco el percal...Ha acabado sus estudios y la vida le espera y se le entrega repleta de oportunidades. El futuro se abre ante él, esperando que lo atrape con el lazo de sus conocimientos.

Vivir es un reto, trabajar también. Pero eso es algo que su candidez aún no sabe. Su familia le felicita, sus amigos dan una fiesta en su honor, y su madre cuelga el ansiado diploma en la pared del salón, rodeado con un marco de madera oscura que le da un aspecto serio y respetable. Pero la realidad es otra, y la esperanza, aunque comprensible, de seria no tiene nada.

El corresponde a las preguntas de todos los interesados (familiares, amigos, vecinos, amigos de copas, conocidos, reconocidos, etc..) contestando con un discursito que repite hasta la saciedad porque se siente orgulloso de sus logros. Se siente feliz tras haber alcanzado su meta, pero no imagina lo que le espera al final de la carrera.

CARRERA. No hay una palabra que defina mejor su estresante significado. Una carrera de obstáculos sin ganador. Porque... ¿Qué ha ganado David? ¿Cultura, conocimientos, sabiduría, un título...?

Nada es válido sin la palabra clave. (Palabra que ya fue nombrada en el Capítulo III). Todo se esfuma en un instante (el orgullo, la satisfacción, la autoestima, etc..) cuando alguien nombra el temido vocablo. El mundo se derrumba a tus pies cuando escuchas la irónica pregunta... ¿TIENES EXPERIENCIA?...La respuesta te averguenza. Un NO rotundo te ahoga en un océano de lava y te empuja a replantearte la vida.

Entonces, David se descubre a sí mismo entre penosos recuerdos. Noches sin dormir, noches sin salir, noches de sufrimiento continuo, noches y noches perdidas, minutos extraviados que ya nunca volverán...

Pero... ¿Qué esperaban? Acaba de atravesar una puerta que separa dos mundos diferentes, el mundo real y el mundo universitario. Ha estado demasiado tiempo en el suyo propio. Su cerebro ha sido adiestrado para memorizar; preparado para el aprendizaje; condicionado para el estudio por el estudio. No esperarán que tras cinco o seis años de cultivar su mente, trabajando en teoría para celebrar después el triunfo, además sea un experto en la práctica.

David creía que su aventura había terminado. Creía que estaba preparado para el trabajo, y es ahora cuando se convence de que su esfuerzo ha sido en vano. Responderá a su fracaso con multitud de excusas y razonamientos, que son lícitos para aminorar el malestar producido por la primera negativa. Explicará lo ocurrido a sus padres, que por ahora se sienten lo suficientemente orgullosos de su hijo (ya cambiarán...) como para pararse a pensar en la dificultad en la que se encuentra. No obstante, él se sabe capacitado para el trabajo y su ilusión es mayor que el desengaño tras la primera entrevista.

Lo entiendo, y doy por hecho que es capaz de conseguir lo que se proponga. Y sus padres también lo creen, no en vano esperaron seis años a que acabase los estudios para después recibir, con el mayor agrado, su primer sueldo, fruto de los ahorros que apartaron para la Universidad. Porque esto de ser universitario, es un lujo...Pero David no es como los demás. El es una persona responsable, capaz, inteligente, y tendrá la oportunidad en muy poco tiempo.

¡Seamos realistas! Y... ¡Ojalá me equivoque al pensar lo contrario! Pero sospecho que no será tan fácil como cree. Porque el PARO existe. Está en la calle. Es un virus que ha infectado a sus amigos, a sus vecinos, e incluso a su familia más cercana. Es tan impredecible como un cáncer. Perdón por la comparación, quizá un poco exagerada, pero es que mata y es igualmente difícil de curar.

Pero David piensa que él no caerá en su trampa. El tiene una carrera...No puede ser que después de la lucha durante tantos años para alimentarle, sus padres reciban a cambio un fracaso tras otro.

...¡Es difícil!...le dicen con buena voluntad...Mira tus primos. Tardaron mucho tiempo en encontrar un buen puesto...

CRASO ERROR. Primero, se busca un buen puesto. Segundo, se busca un puesto. Tercero, se busca casi un puesto. Y al final... ¡Lo que tenga que más se parezca a un puesto, por favor!...

...No vas a tener la suerte de que en la primera entrevista... ¡Qué increíblemente disculpadoras son las madres! Y es que hijo...no hay más que el nuestro, el de cada uno, y es el mejor...hasta que deja de serlo, claro. Antes de convertirse en un vago por obligación de veintitantos (o de treinta y tantos, en los peores casos) que nunca está dispuesto a abandonar el nido y volar en soledad.

...¡Sería mucha suerte!...continúa su padre...Además, eres muy joven, aún tienes mucho tiempo...le anima retrasando egoistamente su propia vejez... ¡No te preocupes! Ya lo encontrarás. No tengas prisa... ¿Prisa? ¡Qué va! Si sólo tengo veintiocho años... ¡Un niño!) ...Tú, sigue buscando, pero sin agobiarte...

Claro, se dicen esas cosas y luego...Nadie puede quejarse de que permanezca en casa para la eternidad.

Lo cierto es que nuestro amigo David ha recibido su primera lección, y lo mejor que puede hacer es seguir esos desapasionados consejos que recibe de sus amantes padres. Ellos tienen razón. Se tomará un merecido descanso, premio consolador de los impacientes, y después lo intentará de nuevo, aunque manteniéndose en su lugar, sin alterar ni un ápice su curriculum. ¡Bonita palabra! ¿Verdad, apreciado observador? Intentaré analizarla para ti.

CURRICULUM = 1ª Acepción: Cúmulo de cosas inútiles a la hora de la verdad. **2ª Acep:** Desván polvoriento lleno de trastos y tan olvidado de Dios que cría telarañas, escondido en el cajón de cualquier despacho. **3ª Acep:** Gran gasto inútil de papel...

Confidencialmente, te diré, que, en algunos países como nuestro vecino, el francés, (¡Ese que nos tiraba los tomates...!) algunos se han atrevido hasta a imprimir su currriculum en las etiquetas del vino que llega hasta la mesa de los ricos empresarios...Igual que la foto de los niños perdidos, impresa en los cartones de leche...No es broma.

El de David sería casi perfecto si no fuera por el...INGLÉS. La asignatura pendiente de España y sus habitantes.

¿Idiomas? No, gracias. En España tenemos muchos, y además todos sabemos hablar el castellano...

David tiene unas nociones de gramática, como todos, pero no puede hablarlo y mucho menos entenderlo. Para que el curriculum sea completo, considera la posibilidad de ampliarlo. ¿Cómo? Puede volver a estudiar. Decide volver a estudiar, sin saber que será una rotación interminable. Piensa que puede estudiar durante las vacaciones que, aunque cortas, le servirán para ello y serán bien aprovechadas. Mientras aclara sus ideas y se repone del fracaso para un nuevo encuentro con sus posibilidades, estudiará. Ahora estudiará porque quiere...

¿Y antes, por qué lo hacía? ¿Cómo se puede ser tan inseguro? Que yo sepa, nadie le puso una pistola en el pecho. ¡Pobre iluso! Cree que va a aumentar su cultura disfrutando, sin prisas, aprendiendo sin horarios como dicen en la publicidad del curso. Veinte minutitos al día...cuando le apetezca cogerá el libro y practicará inglés. ¿Acaso cree que esto de aprender idiomas, es cosa de apetencias? ¿Piensa que la gente que estudia inglés, lo hace por gusto? ¡Bendito esperanto! No. Lo hacen porque es un bulto más para el curriculum, como la chica para el motorista.

Y después, (David continúa soñando...) vendrá el francés, y más adelante el alemán, y entonces... ¿Qué empresa sería capaz de rechazar a un universitario políglota? Y el cántaro... ¿Cuándo se rompe?

De todos modos, estos pensamientos altamente positivos, le ayudan a sentirse mejor. Tras la terapia, parece haberse recuperado del primer golpe. Sólo le queda confiar que no vendrán demasiados hasta que encuentre su camino hacia el futuro prometedor que le habían augurado desde niño.

Y para celebrarlo, decide pasar un buen rato en compañía de sus amigos y de sus conocidos, bebiendo y bailando, hablando y descargando sus penas con "el ruso" (¿le recuerdas?) el vaso de lágrimas ajenas que las seca invitando a una copa como en las películas, hasta que, en la madrugada, David haya deshechado toda duda sobre la validez de sus seis años de estudio. Pero por desgracia, antes tendrá que responder a unas cuantas preguntas y dar algunas explicaciones. Explicaciones que, por otro lado, le suena haberlas oído con anterioridad. Juraría que ya ha dicho todas esas palabras. Quizá fue en otra vida...En fin, que, si hubiese sabido que iba a ser objeto de tal interrogatorio, no habría dicho ni "mú" de lo de la entrevista. Pero pronto se da cuenta que ellos están como él, indecisos, confusos, e impacientes. Comparten las mismas inquietudes y, por tanto, las mismas preocupaciones los mantienen despejados todas las noches. Ellos le cuentan sus experiencias y él se reconoce en cada una de ellas. Se lamentan de su situación. David quisiera olvidarla, pero ni puede, ni le dejan.

La búsqueda del Grial (= Empleo) es un tema muy comentado en ciertos círculos. Casi tanto como el dolor de cervicales en otros círculos más adornados de quejas y quejidos.

Uno de sus múltiples conocidos, lleva jugando a encontrar empleo desde hace ya un lustro. Se siente totalmente decepcionado y cansado de anhelar inútilmente un empleo fijo. Trabajó en una empresa con un contrato temporal y cuando el tiempo se acabó, le despidieron. Desde entonces anda vagando sin rumbo fijo; a la deriva envía curriculums en una botella que parece no llegar nunca a la playa, pues nunca recibe respuestas.

A otro, le ha llegado ya la desesperación y la desesperanza, pues no se ha estrenado. La mágica palabra "experiencia", para él es un misterio, es algo que le está prohibido adquirir.

El que se halla en mejor situación, anima a David deseando que pronto encuentre un empleo como el suyo. No está fijo (¿Alguien lo está?) pero menos da una piedra. Gana trescientos cincuenta euros al mes y trabaja tan lejos de su casa que se gasta el sueldo en transportes, pero es feliz. Tiene algo que responder cuando alguien le pregunta cuál es su quehacer en la vida.

Poco importaron el título y los idiomas sin la experiencia requerida. Se mantiene en la cuerda floja y gana dinero, aunque no sea mucho. Menos gana su hermana. Las mujeres, ya se sabe, comen menos que los hombres...

Y luego está el listillo del "master". Aquel que pensaba que el dinero llamaba a las oportunidades. Nada más lejos de la realidad y buena prueba de ello es que ahí sigue, sin trabajo, y sin el dinero del master, que es peor.

Ninguno de los conocidos de David carece de preparación, como puedes ver, ninguno tiene una edad avanzada que pueda entorpecer un nuevo aprendizaje, ninguno pide demasiado y ninguno ha conseguido lo que imaginaron de estudiantes, si es que alguna vez han dejado de serlo. Pero David no aprenderá todas estas verdades si no las experimenta por sí mismo, y a mí, me gustaría ahorrarle este viaje en el que yo, voy de turista.

Sospecho que te has podido identificar con David y su situación, dilecta mirada. Quizá hubo un momento parecido en tu vida. Si es así, te animo a que olvidemos juntos esa amarga sensación de impotencia que padeciste. Y si aún estás en ella, te aconsejo, reza mucho, te hará falta. Reza, aunque no creas, que nunca está de más. Mejor que sobre, que no que falte...Y me da igual si no eres universitario, seas lo que seas, estás expuesto a la epidemia.

__ Así que...elegir, ¿no? __ replica irónica Rebeca __ Al principio yo también creía que podía elegir, pero ahora...bueno, ya he probado de todo. Lo mío es muy difícil.

__ Eso es porque no lo has intentado lo suficiente __ Pepe otra vez.

__ ¿Que no? ¿Cómo que no? __ exclama razonablemente enfadada __ He llamado a muchas puertas.

__ ¿Has probado alguna vez en una tienda? __ pregunta David osando entrar en la conversación sin haber sido llamado.

__ Sí. Trabajé en una tienda una vez.

__ ¿Y qué tal?

__ Mejor no preguntes...

Al final de la escalera

Mejor no preguntes...

Más que una frase, una plegaria. A veces rogamos a Dios para que no seamos preguntados. Sin embargo, aquél que pregunta... ¿Por qué es tan poco prudente? ¿No sabe que la respuesta puede llevarle a la tumba? Bueno, al menos a la depresión.

El preguntón sensible, se meterá en la piel del narrador, y entonces comenzarán los sudores, los temblores, las pesadillas, los miedos... ¡Qué cruel es el padecimiento del parado convaleciente! Una epidemia letal en vida que nunca te llevará de su mano a la muerte donde recibirías el descanso eterno.

La entrevista que vas a conocer, camarada y cómplice, es un careo con esa temida dolencia. Un encuentro con su verdadero rostro de asesino.

Rebeca, estuvo una vez a un paso de hallar la muerte sin ser requerida, (me refiero a la muerte del rastreo del empleo, que no a la muerte física del empleado. Eso no es de la competencia de los hombres) a manos del más despiadado rival del trabajador, el empresario.

Seguro que sólo el nombrarlo te ha puesto el vello de punta, pues así estoy yo también, con la carne de gallina. Pero a pesar de mi cobardía, te introduciré en la siguiente historia.

En esta ocasión, el enchufe era de un amigo de un amigo, de otro amigo de su padre (¿Aclarado? Espero que sí), el dueño de un restaurante de Madrid.

Pues bien, la esposa y socia del señor en cuestión, esperaba a Rebeca en la tienda de cerámica granadina que poseía para hacerle una entrevista, aunque estaba más que hablado que trabajaría allí.

Si la charla resultaba provechosa, Rebeca comenzaría el trabajo en ese mismo instante, y al parecer, resultó.

La esposa de aquel amigo de los amigos de su padre, habló con ella durante unos minutos, seria y displicente, sin demasiada confianza, y después le entregó un trapo para limpiar el polvo de los objetos de las estanterías, que Rebeca aceptó como su nueva misión.

__ Ahí tieneh la ehcalera __ le dijo con sequedad y la dejadez en el acento que suelen tener algunas bocas de la tierra mora.

Rebeca que siempre ha padecido de vértigo, miró la escalera con recelo. Era una de esas escaleras metálicas que se tambalean en cada escalón. Tragó saliva y armándose con un valor del todo inexistente, se subió a ella, uno, dos, tres, cuatro, y cinco escalones, y comenzó a limpiar los cacharros sin demasiada seguridad y agrado, pero con el coraje de hacer lo que haga falta con tal de trabajar en algo.

A los diez minutos más o menos, la mujer regresó junto a Rebeca y desde abajo, miró hacia arriba y empezó a hablarle con una confianza recién adquirida tras la dura prueba.

__ Mi marío te ha acegurao el trabaho, ¿verdá? __ le preguntó iniciando la conversación por el punto deseado con gran efectividad.

__ Sí. Prácticamente sí __ contestó ingenua Rebeca.

__ Pueh, yo no nececito a naide pá trabahá en la tienda __ argumentó con gran cinceridad.

(Se me pega este acento...que da gusto).

...¡Pues quién lo diría!, pensó Rebeca...¡Estos cacharros tienen dos dedos de polvo!...

__ Ha sío mi marío quien ha tenío la idea fantáhtica de contratá a alguien __ continuó la mujer con retintín.

__ Yo creía que necesitaban una dependienta. Eso fue lo que me dijo su marido.

__ Pueh, no nececitamos a naide. Yo me lah arreglo muy bien zola. Ademá, caci no viene naide a comprá.

__ El me dijo que vendían bastante.

__ Pueh no eh verdá. Apenah vendemo ná. Pero a mí me entretiene trabajá y claro, ér quié que me quée en caza. Ez...como tooh loh hombreh. Pienza que la mujeh debe quearse en la caza ar cuidao de loh niño. Pero mi hiho ce paza too er día en er colegio y mientrah... ¿Yo qué hago? ¿Aburrimme como una oztra?

__ Quizá debería hablar con su marido, señora.

__ ¡Ez impocible hablá con ér! ¿no ce pué! Por ezo ehtoy azín...con ezta deprición que me va a llevá a la tumba. ¡Y too, graciah a ér! Porque, en confianza, he ehtao invehtigando y....creo que tié una amante.

__ ¿Qué? __ exclamó Rebeca haciendo malabarismos para evitar que un botijo cayese sobre la moqueta.

__ ¡Una amante! Er dice que no. Claro, qué va a decí. Pero yo cé qué eh verdá. Ez una muchacha joven, ademáh.

Rebeca miró a la mujer que la apuntaba con sus ojos morunos llenos de ira, odio, y quizá también de confusión.

__ ¿Y sabe usted, ¿quién es? __ preguntó asesinando toda duda que pudiera sobrevolar el ambiente, respecto a su inocencia.

__ No, no cé quié eh. Pero lo averiguaré. ¡Ez un canalla! ¡No le da pena de que acabo de perdé a un hiho! ¡Como deje embarazá a zu amante...! ¡Qué injuzticia, ceñó!

La escalera se balanceó y Rebeca volvió a evitar con gran maestría que no cayera al suelo, un jarro para aceitunas.

__ ¡Ay, Dioh mío! __ siguió la mujer __ ¡Con lo que me entretiene ehta tienda! ¡Ci no fuece por loh ratoh que pazo aquí zolah! Nunca me había parao a penzá en lah cozah tan eztrañah que hace, y nunca me había dao cuenta de que tié una amante...una amante jovencícima.

Nuevo balanceo de escalera y los cacharros bailaron sin música que les marcase el ritmo.

__ Porque eh jovencita la muchacha. Má o meno, como tú.

...¡Me caigo!...pensó Rebeca... ¡Esta vez me caigo! ¡Por favor, no sujete la escalera que es peor! ¡Déjelo, si ella se sostiene sola! ¡No vaya a enfadarse y le dé un meneo...!...

__ Acín que, tú verá. Pero yo voy a hablá con mi marío ehta mimma noche. Le voy a decí que no nececitamoh a naide, o ci no...le diré que cerremoh la tienda. ¡Ea, ya ehtá dicho! ¡No hay máh cáhcarah!

...¡Señora, por Dios, por lo que más quiera, deje la escalera!...

__ Acín que...ya te digo. Ezo eh lo mejó. Ce cierra y ya ehtá. ¡Ay, qué láhtima me da mi tienda! ¡Te la zuheto máh fuerte, hiha?

__ ¡No, no, señora! ¡No hace falta! Mejor...suéltela. Ande, suéltela. No vayamos a tener un disgusto.

...¡Una patadita y ya está! ¡Al suelo que voy!, pensó.

De repente, Rebeca escuchó unos lamentos lacrimosos...

__ Porque zolo ér pué trabajá fuera de caza y yo no tengo derecho a conocé gente, a zalí, a veh gente nueva __ se lamentó la mujer desde el principio del armazón metálico que sostenía malamente a Rebeca __ Y lo malo eh que le quiero __ llantos y más llantos __ Y ér ya no me quié a mí, porque me ehtoy haciendo vieha...¡Ay, si yo fuece tan joven como tú, hiha! ¡Como zu amante!

...Señora, por favor...No sujete más la escalera...pensó.

__ No llore, si no merece la pena __ dijo Rebeca bajando al fin de la escalera torturadora __ Usted, hable con su marido esta noche y ya verá como todo se arregla. Y no se preocupe por mí, que yo no necesito este trabajo __ exclamó mentirosa.

__ Pero no me guhtaría que te quedarah cin empleo por...¡Ci ez que eh un...! ¡Mejó no lo digo, eh, mejó me callo!

__ No se preocupe, señora. Y no llore más que los hombres son incapaces de sentir compasión por las lágrimas femeninas.

Una palmadita en la espalda nunca viene mal...

Rebeca hizo bien, porque si ese gesto dadivoso no sirve para calmar los nervios, al menos te quita esa carraspera que el que más o el que menos, todos tenemos en esos momentos de tristeza y llantina.

__ ¿Ceguro que no te importa, hiha? __ ¡Y dale con hija!

__ Ez que no pué cé. Tengo que hablá con ér de una vez por toas...¡Ay, Dió mío, ¡qué crú!

Para cruz la de Rebeca que ya se veía estampada en el suelo enmoquetado.

__ No llore...que no pasa nada __ la calmó __ Por cierto...¿Qué hora es?

__ La una, hiha, la una __ contestó la presunta asesina.

__ Pues me voy __ afirmó resuelta Rebeca.

__ Pero aún no eh la hora...

__ Así usted aprovecha para hablar con su marido a la hora de comer. Y si deciden que necesitan a alguien, me llaman y si no...

...Si no, pues da igual. Si total...Para estar limpiando cacharros en esa escalera... ¡Lagarto, lagarto!...

Habrás apreciado una vez más, que las dificultades en los avatares de un buscador de empleo, son innumerables. Y habrás advertido también lo absurdo de algunos hechos que, sin embargo, no por su apariencia ridícula dejan de ser reales y monstruosos.

Si te valoras lo bastante pues tu coraje y osadía aún no se hallan mermados por la frustración ajena, te espero en la página siguiente que una vez más, podrá gustarte o disgustarte, divertirte o aburrirte, pero sin duda, te volverá a sorprender...

__ Pero yo me refería a una tienda de ropa __ apunta David aclarando su pregunta.

__ ¡Ah, una boutique! Bueno, tuve una boutique. Pero eso, casi fue peor...

__ ¿Por qué? __ insiste.

__ Porque...bueno, es difícil de explicar. La clientela era un poco...extravagante.

Una inolvidable primera vez y...
Cuatro extraños clientes

La clientela era un poco...extravagante.

Rebeca a veces extrema su optimismo. Fue peor de lo que Rebeca quiere hacernos creer. Fue quizá, desesperante. Y pronto averiguarás por qué. Aunque te aviso que para penetrar en esta nueva aventura necesitarás armarte de una liviana manera de ver las cosas para que, a la hora de encarar un posible futuro similar, te tomes los problemas un poquito a la ligera y no a pecho como le ocurrió a nuestra protagonista, que, gracias a Dios, ya lo ha superado. Haz caso a la frase inteligente y cauta que dice...*Los ángeles vuelan porque se toman a sí mismos en forma ligera...*

De nuevo, rebeca es quien vive esta experiencia. No la envidio. Más bien, la compadezco. Aunque en esta ocasión, no estaba sola. La acompañaban sus hermanas María y Sarah. A María ya la conoces, (la pobre ilusa del sillón asesino...) de Sarah, conocerás sólo el hecho que, aunque sin protagonizar este método de búsqueda de empleo, se vio envuelta en algunas situaciones incómodas y embarazosas.

Pero todo se andará...Ahora, reanudemos la marcha. Y no te preocupes, no te dejaré solo, o sola. Yo te acompaño...

Rebeca, que siempre había sido una mujer valiente y decidida, segura de sí misma y preparada en su profesión, terminó sus estudios de diseño de alta costura (¿recuerdas?) y gracias a una de las amistades de su padre (para variar...), realizó sus primeros pinitos al fin, en una fábrica de confección infantil. Allí fue donde aprendió la dificultad de conservar un empleo.

Tras un mes de duro trabajo mental, se sintió explotada. Trabajaba ocho horas diarias con sólo trescientos euros (odio esta cantidad...) de sueldo. No obstante, salió de allí tan rápido como había entrado, pero con la inocencia de la ignorancia juvenil, perdida por completo.

Todo aquel trabajo baldío no le habría pesado si alguien, en la empresa, le hubiese demostrado que era necesaria. Nadie le decía una palabra de claridad a su posición. Se sentía "de prestado", y es que los enchufes son casi siempre el pago de algún favor o el interés de un futuro negocio.

Cuando la despidieron, salió de allí lanzando improperios contra el hermano del jefe que, al parecer, era otro diseñador celoso y resentido de la presencia de Rebeca. Esta, tras pedir una aclaración y el pago del primer sueldo que no llegaba, se quedó en paro por primera vez a su corta edad.

La primera vez siempre es maravillosa...Al principio sientes un ligero temor; te encuentras suspendido en un vacío repentino; te sumes en un desconocimiento del futuro inmediato que te deprime y te pone los nervios de punta.

¡Qué insólita sensación de participación en el mundo adulto sientes, cuando respondes a las preguntas de interés profesional! ¡Qué sentimiento tan gratificante de contribución a la vida, reconocer que no sirves para lo que te has preparado!

¡Qué sutil compasión percibes en las miradas de aquellos que preguntan! Asienten con la cabeza mientras saborean tu sincera e inocente respuesta, y en su boca degustan la dulzura de la caída ajena.

Mientras, Rebeca paladeaba la amargura del tropiezo del principiante. El sabor agridulce del primer fracaso...

Y... ¡Qué agradable escuchar las condolencias de los más nobles que intentaban animarla con esa poca delicadeza que les caracteriza! Aquellos que usan un...No te preocupes. Ahora, ¡A seguir buscando!...

Y aquellos otros que creen que se las saben todas. Esos de la palmadita rápida en la espalda y un... ¡Hay que luchar!... acompañando a una risita muy irritable.

¡Grrrrrrrr! ¡Cómo si no lo hubiera hecho! ¡Cómo si el empleo le hubiera caído del cielo!

Pero así fue. Rebeca sintió que se lo habían regalado. Le habían dado su primera oportunidad y no supo aprovecharla ni mantenerla. Su ego comenzó a menospreciarse. Casi sin darse cuenta fue acumulando adjetivos desagradables contra sí misma.

Pero te diré una cosa, amigo que estás a la escucha, bueno, a la vista. Ninguna de las condolencias citadas anteriormente le resultó tan desesperante ni despertó mejor sus instintos asesinos, como las que le hicieron aquellos seres que le hablaron, le narraron, le relataron con todo lujo de detalles, sus difíciles comienzos.

...Yo empecé recogiendo cartones...Yo llevaba un camión durante toda la noche. No tenía tiempo ni para dormir...Yo me levantaba a las cinco de la mañana para ir hasta Cuatrocaminos, ¡Con un frío!...Yo ganaba dos mil pesetas al mes y tenía a mi madre conmigo...

¡ESTÁ BIEN! Yo no paso frío, yo he ganado trescientos euros, yo si tengo tiempo para dormir __ pensó Rebeca __ ¡Por favor, la posguerra terminó hace mucho tiempo! ¡Ahora todo es diferente!

Eso fue lo que pensó, sin embargo, sus pensamientos no se convirtieron en sonidos, fonemas o palabras. Rebeca calló, y ese callar continuo le provocó resentimiento y más resentimiento.

__ Quizá si te hubieras callado...Si no hubieses dicho nada en la empresa... __ argumentó su padre con gran ignorancia sobre el particular.

__ Pero... ¿Cómo quieres que no haya dicho nada, si estaba confundida? Nadie me decía nada. No sabía si me iba a quedar o me iban a despedir... ¡Cualquier cosa con tal de acabar con esta situación! Me sentía como una inútil, sin saber si lo que estaba haciendo era de utilidad. Parecía que me estuvieran entreteniendo como a una niña, haciendo dibujitos.

__ Es que... ¡Eso es lo que hacías! __ replicó su padre cruelmente __ Estabas en ese trabajo gracias a un amigo mío. ¡No creerás que lo que hacías era importante!

Rebeca no contestó...Su padre, siempre dispuesto a agasajar con una palabra amable, la colocó en el último peldaño de su escala de valores humanos. Para él, sólo existen dos tipos de personas en el mundo. A saber, los tontos y los listos. Estos últimos, son de su condición, por supuesto. Y esa denominación implica, además, ser astuto, inteligente, despierto, trabajador, luchador y si se tercia, un zorro o una vívora tragapegas.

Los primeros, los tontos, entre los que indiscutiblemente estaba Rebeca, marchan unos cuantos pasos detrás de los segundos. Son esos seres ingenuos que confían en sus semejantes. Son aquellos ilusos que creen que, en su primer empleo, han de ser necesitados. Aquellos que quieren demostrarse a sí mismos, antes que a los demás, su valía y pretenden mantenerse en su posición de sencillos trabajadores honrados. Son los que se preguntan por qué no han recibido un salario y con qué motivo oculto, el jefe aguarda sin entregar el cheque.

Quizá para ahorrarse el dolor de tener que referir al empleado que allí no es bien recibido. Quizá para que el trabajador se dé cuenta él solito de que algo pasa, y formule la pregunta que facilitará el despido. Quizá. Pero según su padre, a aquellos que preguntan, más les valdría callar y dejar pasar el tiempo mientras demuestran sus capacidades que, por cierto, han de ser perfectas de forma natural.

Te hablaré con sinceridad. Su padre sabía muy bien cómo y por qué había empezado a trabajar su hija, y su opinión, nunca modesta, era la de perseverar en el intento de adaptación de Rebeca, quizá para evitarle el disgusto de sentirse regalada a cambio de un favor pasado.

(Luego dicen que soy mal pensada...)

Pero Rebeca, que nunca había estado sobre la cima, aguantó valiente a que los apelativos despectivos y los desprecios cesaran, y optó por seguir su instinto bien desarrollado y pensó que lo que había hecho, era lo correcto.

Tras el leve temblor emocional, Rebeca continuó buscando el Santo Grial. Y cuando el cansancio te deja sediento de sanas ofertas, y la demanda está harta de demandarse, se decide quizá demasiado deprisa y con dificultad para ver el crudo futuro que nos aguarda.

Su padre, abrió una boutique. Esa era la única manera posible de dedicarse al "mundo del trapo", como lo llamaban entonces los entendidos del colectivo de la moda. Y para ser un principio, aunque más bien parecía un premio de consolación, el local disponía de todo lo necesario. Altos percheros sobre un suelo enmoquetado en verde oscuro; estanterías doradas que hacían juego con un mostrador acristalado; un bello y llamativo escaparate; y la ropa por supuesto, que comprendía la fina lencería de mujer.

Se organizó, se inauguró, y se abrió. Y Rebeca y sus dos hermanas hicieron una parada para volver a esperar...Y esperaron. Quizá demasiado, ya que en el barrio nadie se paró a echar un vistazo a la moda que Rebeca había elegido.

Tampoco puedo decir que no entrase nadie. Entrar, lo que se dice entrar, entraron, pero...¿Quiénes entraron?

Tras el cristal de la puerta se transparentaba la oscuridad de una sotana, y sobre ella, una sonrisita embaucadora que les pedía paso. Algo así como el padre Apeles, pero inofensivo.

...¿Qué hago?...pensó Rebeca...¿Abro? ¿No abro? Es un cura...¿Y qué hace un cura en una boutique de señoras? Pero es un cura...

Rebeca abrió, y el cura entró...

__ Buenas tardes. Soy el nuevo sacerdote del barrio. He venido porque soy amigo de Rufo.

...¿Rufo?...¡Ah, sí, Rufo!...Claro, Rufo...¿Y quién es Rufo?...pensó Rebeca con gran despiste.

__ ¡Rufo! ¡Su primo! ¡El de Granada! __ exclamó el sacerdote.

__ ¡Ah, sí! ¡Rufo, el de Granada...! __ Si Rufo no hubiese existido, se habrían tragado el cuento de la misma manera.

__ Yo también soy de Granada. LLegué la semana pasada. Rufo me dijo que vivían por aquí, así que he estado investigando y....¿Tú eras la que bailaba?

...¡Tierra trágame!...pensó María que entonces sólo tenía diecisiete años. La había pillado bailando en la escalera, entreteniendo su aburrimiento creciente en su estado de "mano sobre mano".

__ Pues, sí __ afirmó estática.

__ Ya me dijo Rufo que érais artistas como vuestro abuelo.

Te aclaro, mirada observadora. Su abuelo era músico, pero ellas sólo lo hacen por diversión.

__ ¿Y también cantáis?

__ Pues, también.

__ A ver...¿Quién es la que canta mejor de las tres?

Rebeca y María miraron a su hermana mayor...

__ ¡Tú!

__ Bueno, todas cantamos muy bien __ falda modestia.

__ ¿Por qué no cantas algo?

Le había tocado la china...

__ ¡Nooooooo! __ con la boca pequeña __ Y....¿Qué canto?

__ Pues, por ejemplo, Granada.

Toses, carraspeos, la nuez se abulta y....¡Granaadaaaaa, tierra soñada por míííííí!...

__ ¡Muy bien, muy bien! Bueno, pues yo venía a ver si podíais dar un donativo para la parroquia...

Por el interés te quiero, Andrés.

__ Tome __ aunque sólo sea por lo aplausos.

El cura se fue sin bendecir el establecimiento siquiera, aunque más tarde se darían cuenta de que aquella tienda, necesitaba un exorcismo.

Pero el ministro de la Iglesia no fue la única persona que entró. Si te atreves, continúo...

__ ¿Deseaba algo? __ preguntó Rebeca a un caballero que acababa de pasar.

__ Sí. Unnnnn brgggggg __ contestó.

__ ¿Qué? __ insistió Rebeca.

__ Unnnnnassss brgggggg __ volvió a decir.

__ Perdone __ sonrió Rebeca __ pero no le he entendido.

__ Unas braguitas __ susurró.

La mirada de Rebeca se agarró a aquel rostro pálido, como el imán al hierro.

__ Enseguida se las enseño...Quiero decir __ tragó saliva al pensar en las suyas y en su extraño ofrecimiento __ Quiero decir que...¿Cómo las quiere?

__ Rojas. Las quiero Rojas __ respondió el hombre con la determinación de James Bond.

Rebeca sospechaba que no eran para su esposa, ni siquiera era Nochevieja...

__ ¿Le gustan estas? __ preguntó sosteniendo unas mínimas braguitas rojas con sus dedos índice y pulgar.

__ Sí. Esas están bien.

__ ¿Se las envuelvo?

__ No, déjelo.

...Se las lleva puestas, ¿no?, pensó Rebeca inquisidora.

En fin, no lo alargaré más porque fue así de breve y así de particular. El hombre se llevó el detalle de lencería femenina y dejó a las tres hermanas con la duda, que más tarde aclararía su imaginación. ¿Las usaría en alguna ocasión especial? ¿Qué ocurriría aquella noche?

Pero aquel experimento, no fue el último cliente... Un señor muy trajeado, un ejecutivo agresivo de aquellos años felices, llamó a la puerta con la mano que no sostenía el maletín negro que llevaba.

Le dejaron pasar basándose en la seguridad de su honesta vestimenta y pensando que compraría algo para su esposa, o para él. Después de haber vendido aquellas bragas rojas, nada podía sorprenderlas. Pero se equivocaban...El caballero colocó el maletín negro sobre el mostrador y se dispuso a abrirlo. Rebeca y sus hermanas se asustaron. Creían que iban a escuchar por primera vez la famosa frase... ¡Esto es un atraco!...Pero en lugar de un arma, el hombre sacó un objeto azul que al principio no pudieron descifrar porque no se lo querían creer.

Aquel hombre, sostenía un estropajo azul en su mano derecha mientras, ante las miradas atónitas de incomprensión, les explicaba los múltiples usos del artilugio. Ante la mente que se carcajeaba y su cara que expresaba una gran incredulidad, Rebeca agradeció que la charla llegara a su fin, y el hombre la concluyó pidiéndole veinte duros. Precio del estropajo azul, cuyo valor en la limpieza del hogar, era incalculable.

Hubo muchas risas tras su marcha. ¡Cómo no! Así se llamaba la boutique...Risas... y todo el mundo se rió de las tres hermanitas.

Rebeca aún recuerda los veinte euros que ganaron el primer mes. No hubo para repartir. Se quedaron en la caja con la ilusión de que los billetes formaran familia numerosa. Y María, aún tiene pesadillas con la que podía haber sido su primera venta en soledad. Atendió a una mujer de aspecto de ratón de biblioteca que se escondía tras unas gafas de pasta marrones. Tenía las ideas muy claras y venía a comprar una falda de rayas.

...¡Qué casualidad!, pensó... ¡Justo lo que no tenemos!...

María, muy dispuesta, le dijo...Tenemos de cuadros...por si colaba. Pero no coló. Y María empezó a sacar faldas y más faldas: Cuadros grandes, cuadros pequeños, cuadros escoceses, de pata de gallo como las arrugas, miles y miles de cuadros... ¿Lunares?

A veces, cuando la noche es cerrada y la luna parece no querer mirar al mundo. Cuando los truenos amenazan y los rayos intimidan al ser humano, María sueña. Y en su sueño ve a una mujer que le dice susurrante...¡Quiero rayas, rayas, rayas...!

Con aquella buena suerte, cerraron la boutique a los pocos meses, y con ella, Rebeca cerró la puerta a sus sueños y se dedicó a otra cosa mariposa. A lo que saliera a partir de ese terrible momento inolvidable en el que se dio el cerrojazo a sus quimeras.

Deprimente, ¿verdad? Es que a veces, es tan difícil la vida...Ruego a Dios para que estos cruentos acontecimientos no traumaticen tu mente ni amedrenten tu espíritu. Confío, sin embargo, en que te sirvan de ayuda estas experiencias y así, las evites en el pasado inmediato de su ejecución.

Y ahora, como descanso y agradecido inciso, te mostraré en próximos capítulos, la otra cara del empleo, la breve. Dejaremos las entrevistas a un lado y echaremos una ojeada a los empleos cortos, y ya se sabe...Lo bueno si breve, dos veces triste...

__ Si es que da una con cada personaje... __ se lamenta Rebeca.

__ Dímelo a mí __ apunta Elisa __ ¡He dado con cada uno! Eso me recuerda a cuando trabajé en aquel bufete de abogados...Nadie me tomaba en serio...

La eterna niñez

Nadie me tomaba en serio...

¡Qué desatino el pretender la eterna juventud! ¡Qué dislate aspirar a devolver a nuestro rostro la gracia y lozanía de la adolescencia! ¡Qué disparate anhelar la mocedad perdida y ocultar nuestro nuevo estado bajo el arco iris del maquillaje!

¿Por qué los seres humanos, y en especial las mujeres, ansían regresar al tiempo en el que su piel era tersa y su cuerpo voluptuoso y firme como el de las estatuas de la Grecia clásica?

¡Oh, volver a ser joven! Estoico e inalterable deseo del ser humano... ¡Ay de aquél que posee el amargo don de la juventud eterna! ¡Pobre de aquél que lo ha conseguido! Cuidado con lo que se desea...

Quiero llevarte ahora al bufete de abogados al que se refería Elisa. Ella es uno de ellos, sí. Es un miembro de ese escarpado monte y mundo de las leyes. Pero no ejerce, claro. Su trabajo en aquellos momentos en su memoria, consistía en llevar documentos de un sitio a otro, del juzgado al bufete, etc.

Lo peor, era que su aspecto de eterna adolescente le cerraba miles y miles de puertas. En más de una ocasión, pidió ver a algún señor de renombre y se quedó en el último lugar de la cola.

Aquella secretaria, parecía trasladarse de un sitio a otro al que Elisa fuera, para esperarla en cualquier despacho en el que se presentara.

¿Por qué todas las secretarias tienen el mismo aspecto? Ese traje de chaqueta con minifalda, no demasiado mini, era el uniforme autoimpuesto por las chicas del oficio del secretariado. El cabello, ni negro ni rubio, ni corto ni largo, y esa sonrisa estudiada, ensayada, vacía de cualquier clase de sentimiento.

Le preguntó el nombre, lo apuntó, y después, a esperar...

Tras tres cuartos de hora, sentada, aburrida y con un bostezo en la boca, Elisa escuchó la voz de aquella Cruella Deville, disfrazada de secretaria omnipresente...Señor Fulano, aquí hay una niña que le ha traído unos documentos...

Elisa se resignó una vez más... ¿Tan niña parezco?, se preguntaba ...Luego dicen que el hábito no hace al monje...¡Estúpida frase!

Esperó un poco más, a los diez minutos más o menos, el señor Fulano apareció. La secretaria estiró su brazo y señaló el único asiento ocupado de la sala. Don Fulano se acercó y Elisa se levantó, y saludó sonriente.

__ He traído estos documentos para usted...

__ Podía habérselos dejado a mi secretaria, y no hubiera esperado tanto para nada.

Elisa sonrió y calló, pero... ¿Por qué? Podía haberle dicho la cantidad de veces que se había acercado a la mesa de la secretaria para decirle que sólo los papeles debían esperar.

Pero si le decía esa mayúscula verdad, tendría que decirle también lo estúpida que era, y ahí no acabaría la cosa... ¡Es una prepotente! ¡Necesita un corte de pelo! Porque... ¡Mire este pelo!...diría sujetando uno de los mechones descoloridos de la secretaria...¡Ni es blanco, ni es negro, ni tiene color! ¿Y su cara? ¡Es una máscara! ¡Parece Michael Jackson! ¡Y esa sonrisita de funcionaria...! (No me hago responsable de las palabras de Elisa, ¡eh!)...Elisa haría una de sus muecas, imitando el gesto de la secre en cuestión...Por favor, cambie de secretaria o póngale una bolsa de Simago en la cabeza, y un celo en la boca...

__ Adiós, bonita __ dijo la secretaria despidiéndose __ Y, otro día, dime que sólo vienes a entregar unos papeles...

...¡Ahhhhh!...Elisa deseó volver, colocar sus manos alrededor de su cuello y apretar, apretar, apretar...

¿Por qué no lo hizo?, me preguntas. Por conservar ese maldito empleo que pronto abandonará, o, mejor dicho, se verá obligada a abandonar por cumplimiento de contrato basura.

BASURA. Un gran nombre para un gran timo.

Elisa perderá el empleo y perderá la dignidad. ¡Qué crudeza de experiencia! No quisiera parecerte exagerado, pero no me negarás que es desesperante...

Continúa a mi lado si quieres conocer la única experiencia de Pepe, el listillo, el privilegiado, el favorito de la diosa del trabajo.

No olvides que hasta los tipos duros tienen un punto débil. Sí, no te sorprendas de lo que digo. Clint Eastwood también lo tiene. Por eso dirigió "Los puentes de Madison County" después de haber hecho la oscarizada y ruda "Sin perdón".

__ Pero Elisa __ continúa David __ En ese trabajo tienes la posibilidad de ascender y de ejercer la carrera algún día...

__ Pero me echarán cuando cumpla el contrato, o cuando mate a esa estúpida secretaria.

__ Menos mal que a mí no me echaron por aquello que pasó... __ se alegra Pepe atreviéndose a recordar al fin, sus orígenes.

El gran desvanecimiento

Menos mal que no me echaron...

¿Es Pepe quién dice eso?, me preguntas. Sí, es Pepe. Como todos, él también tiene su historia, aunque breve pero curiosa. Sin embargo, se disfraza bajo sus palabras petulantes para ocultar aquel recuerdo, tan dañino para su actual imagen. El, que siempre dice que hay que estar preparados, que hay que luchar, en fin...Responde a las razones y a los razonamientos del prójimo con un chasquido que emite al estrellar su lesiva lengua contra su paladar y lo acompaña de un ladeo de cabeza que significa que aquello que escucha sólo son vanas excusas.

Acompáñame (perdona, parezco Isabel Gemio) y veamos a Pepe cuando era un tímido e inocente vendedor de tres al cuarto. Saborea conmigo su amargura. Veámosle en la oficina de su posible primer cliente...

Dicho cliente se había excusado por teléfono de su tardanza en no contestar la oferta de aquel vendedor novel que le llamaba insistente. Y ahora, le narraba los detalles de su estancia en el hospital, tras el infarto que había sufrido y que le impidió aceptar su requerimiento.

Pepe le atendía con buena voluntad, y eso que odia los hospitales. Quizá porque los ha visitado demasiadas veces, debido a sus locuras deportivas que reflejan un alma de niño grande y la inconsciencia que acompaña a estos seres maravillosos pero irresponsables.

De repente, un transportista amigo del cliente, entró en la oficina y recuperó la conversación que comenzaba a extinguirse por falta de interés.

__ ¿Y qué tal estás ahora? __ preguntó el recién llegado.

__ Pues hombre...mejor __ contestó el cliente viendo el cielo abierto para su intervención __ pero tengo que tener mucho cuidado. Si me doy un susto o me pongo un poco nervioso... ¡Me voy al otro mundo!

__ Pues... ¡Anda, que si hubieses estado el otro día conmigo!

El cliente levantó la cabeza interrogando al transportista, y éste comenzó a narrar su historia.

__ El otro día...me atracaron.

__ ¡No me digas! ¿Dónde?

__ En Madrí.

__ ¿Qué pasó?

__ Me pusieron una navaja en el gaznate.

__ Si me pasa a mí... ¡Me muero, seguro!

__ Yo casi me muero.

__ ¿Y llevabas mucho dinero?

__ ¡Nada! ¡Mil duros! Pero eso no es lo peor. Lo peor es el susto, macho. Lo pasé fatal.

__ ¿Y te hicieron daño?

__ Me arañaron. Después, me salía sangre __ dijo señalándose la nuez con la punta de su dedo índice __ Imagínate que me la clavan...

Pepe miraba a ambos, intentando no aparentar desplazamiento o desinterés. No quería escuchar, pero escuchaba. No quería ver, pero veía cada uno de los gestos que hacía el transportista. Y de repente, su sensibilidad a flor de piel por el nerviosismo de su primera venta probable, y por su aversión a todo lo que huele a medicina y a muerte, sobresalió en aquel instante, y no supo como controlar la situación. Miró a la derecha, miró a la izquierda, miró hacia arriba, hacia abajo y no encontró escondite. Sus ojos giraron por toda la habitación, su vientre comenzó a gruñir y a hacer unos movimientos extraños, un insoportable calor le cubrió la cara como una ola asesina de agua hirviendo, sus manos temblaron y soltaron el maletín y los catálogos que sostenía, su boca se volvió como el cartón piedra, la lengua cayó sobre su dentadura inferior y no pudo tragar saliva, su cuerpo comenzó a tambalearse, hacia delante, hacia atrás, hacia la derecha, hacia la izquierda, otra vez hacia delante, y por fin...el final. El cuerpo rígido de Pepe se dejó caer hacia atrás sin doblar las piernas y no paró hasta que el suelo acogió su cabeza rapada a la moda de aquel verano.

(¿Juegas al billar? ¿Has visto una bola caer al suelo? Pues imagina que la siempre huidiza bola blanca, es la cabeza de Pepe...)

Despertó en una ambulancia, y junto a él estaba su cliente. Digo mal, su anterior cliente. Este ya no estaría para comprar nada, excepto tiempo. El transportista que fue el único que se mantuvo con fuerzas avisó a una ambulancia al ver que al cliente se le aceleraba el corazón acercándose al infarto. Y Pepe, Pepe se había evadido de su trabajo, descansaba sobre el frío suelo de la oficina que no volvería a visitar. Siempre hay lugares que nos traen malos recuerdos. El cliente no murió, pero nunca fue su cliente...

Curioso, ¿no? A que no te esperabas esto del listo de Pepe, el único que goza de la gracia de un trabajo fijo. Como se dice en los círculos de parados anónimos...Un trabajo de la otra época...Y es que ahora, ya no existen esos empleos. Han cambiado lo fijo por lo indefinido, que si en algo se parece...que venga Dios y lo vea. Te aseguro, con toda la sinceridad que albergo en mi interior (y que, como habrás comprobado, la tengo a kilos), que esta no es la anécdota más fastidiosa que puede sufrir un empleado primerizo.

Reanudemos el relato, asistiendo de nuevo a la conversación que nuestros protagonistas mantienen en el antro de las memorias y memorietas de la íntegra juventud.

__ Es que eres demasiado sensible, Pepe __ dice Elisa con una justa y merecida sonrisa de satisfacción en los labios.

Es normal, hace tiempo que conoce esta historia. Le fue revelada el día que Pepe cogió la peor borrachera de su vida, y de la mía... Aquel día Elisa descubrió que la armadura de su amigo, no es tan fuerte como aparenta. Todos tenemos nuestro corazoncito, ¿no?

__ Menos mal que mi jefe es un tío majo __ dice.

__ Si es que...no sé de qué te quejas, tío __ exclama Elisa

__ Si hubieses tenido el jefe que tuve yo. ¡Era lo más raro que he visto en mi vida! ¿Habéis visto alguna vez a un perro verde? Siempre y cuando sea de este mundo, claro. Pues así era mi jefe, una cosa...singular.

El acceso virtual

Singular...

¡Los jefes...! Vaya personajes. Los que han degustado el sabor del trabajo, aunque sea poco, saben de sus manías y de sus absurdas peticiones, y en ocasiones el trabajador incluso protege a su jefe de las agresiones externas como si fuera una crema facial.

Dice que no está cuando está; corrige sus faltas de ortografía y de educación; disculpa sus olvidos; arregla sus encuentros privados y no privados; compra los regalos de su esposa y de sus hijos; avisa a su esposa de que no va a ir a comer, o a cenar, o a dormir; avisa a su amante de que tampoco va a ir a dormir...Pero si encima de todo eso, el empleado tiene que aguantar sus innumerables (y en aumento) manías ridículas, entonces es cuando el ambiente de malestar supera la satisfacción laboral de cualquier trabajador. Y es que, alguien debería advertir a los jefes, que los empleados no son contratados para obedecer exclusivamente sus órdenes. Hace mucho que se abolió la esclavitud.

El empleado debe realizar el trabajo del que fue informado al adquirir el puesto. Quiero decir con esto que una secretaria (o secretario) no debe estar supeditada a la supremacía del patrón. Y no creas que hablo de la labor de atender ofertas deshonestas y proposiciones indecentes, no (a no ser que sea Robert Redford...).

El hablar de tales propuestas, quede para los expertos en acoso sexual. Yo me refiero a las órdenes y demandas risibles que provienen de la boca de algún que otro superior mamarracho. (Que los hay. Y no miro a nadie...)

Elisa ocupó ese puesto una vez, (aunque compartido) bajo la tutela de un jefe un tanto excéntrico. Se lo demostró el día que le pidió que bajara al almacén y le trajera unos bolígrafos. Elisa cogió cuatro o cinco y subió de nuevo mientras murmuraba en soledad, frases de irritación por haberse visto obligada a abandonar el montón de cartas que tenía que pasar a máquina.

Entró en el despacho de su jefe, se acercó a la mesa y dejó los bolígrafos junto al teléfono. El hombre mantenía una conversación a través de dicho aparato. Levantó la mano y le hizo una señal a Elisa para que se quedara. La conversación duró unos minutos, tiempo suficiente para que Elisa calmara su ánimo pensando que quizá quería hablarle de la esperada renovación de su contrata, la cual estaba próxima. Al fin, el jefe colgó el auricular. Elisa se acercó y puso la mejor de sus sonrisas esperando la grata noticia. El hombre cogió los bolígrafos, los miró, miró a Elisa y preguntó...¿No habrás chupado las capuchas?...

Si alguna vez se cultivó en Elisa, mujer de corazón puro, la semilla de la intencionalidad criminal, fue en el instante en que escuchó de labios de su jefe, aquella frase exclusiva de un maniático sin escrúpulos.

__ ¿Qué? __ preguntó, aunque en realidad quería decir...¿Es usted idiota, o le falta un verano?...

El jefe se puso serio y continuó...

__ Te lo digo porque hay gente que las chupa __ hecho del que sólo un orate total puede percatarse __ y yo, soy muy escrupuloso...Hay cosas que no puedo aguantar.

...Yo tampoco puedo aguantar ciertas cosas...pensó Elisa acalorada.

Hay gente para todo, ¿verdad, mi querido compañero/a? Habrás de concentrar toda tu atención ahora en el siguiente lance, en el cual te haré ver que también los compañeros pueden hacer que un empleado pierda sus capacidades y su interés profesional.

__ Hay gente para todo __ dice María tras dejar escapar una carcajada __ ¿A quién se le ocurre preguntar eso?

__ ¡A mi jefe, claro! __ afirma la buena de Elisa __ ¡Era inaguantable! Un día le avisé por el intercomunicador de que tenía una llamada. ¿Y sabes lo que me dijo?

__ Me espero cualquier cosa.

__ Que estaba comiendo pipas. Y que como no él no podía hacer dos cosas a la vez...le dijese al que había llamado, que volviese a llamar más tarde.

__ ¡Es increíble! __ exclama María.

__ Pero cuando te toca un jefe así, no tienes más remedio que aguantar __ explica Rebeca __ Yo tuve una jefa que creía que ella había inventado la ortografía. (A ver si era prima de García Márquez...) Sus cartas estaban llenas de faltas.

__ Para faltas, las de mi compañera en la recepción de esa misma empresa. Después de escribir sus cartas, se las entregaba al jefe y el jefe, me las daba a mí para que las corrigiera. no sé que ganaban con tenerla contratada allí. Sería alguna enchufada. (Rebeca baja la cabeza sintiéndose un poquito aludida...) Gracias a ella, yo tenía doble trabajo __ apunta Elisa con conocimiento de causa.

Sé que dice la verdad, porque yo tuve la suerte o la desgracia de conocer a la mencionada compañera. Aquella chica, además de inútil (A propósito, claro, y por conveniencia), era un ser orgulloso, coqueto, presumido, presuntuoso, fatuo, e increíblemente torpe.

Entre las dos, se aseguraban de que todo aquél que quisiera entrar en la oficina, introdujese su tarjeta en una ranura que provocaba la apertura de la puerta, además de un ruido que avisaba de su llegada. Pero un día, el mecanismo de aquella especie de esclusa se bloqueó y Elisa avisó a un electricista que además de no arreglarla, dejó todo hecho un asco.

__ Le dejo esto aquí, en el suelo __ explicó con la caja donde se introducían las tarjetas, en la mano __ y también le dejo este interruptor para que usted abra desde la recepción.

Elisa pulsó el botón para comprobar que funcionaba...

__ Esta tarde, vuelvo con las piezas y a ver...

__ A ver... __ repitió ella __ A ver si lo arregla pronto.

El electricista se alejó y Elisa se quedó sola como cada mañana. Su compañera entraba a trabajar una hora después con la excusa del tráfico que a esas horas se acumulaba en Madrí, y tardaba mucho en salir de la ciudad que parecía un hervidero de transportes privados en rebelión.

Elisa la vio aparecer, a lo lejos, y sin saber por qué, esperó a que llegase frente a la puerta, sin dejar de mirarla. Como absorbida por una placentera sensación de pequeña maldad. Como rendida ante la evidencia del inevitable anhelo de una leve venganza. Elisa se sintió vulnerable ante las punzadas continuas del deseo y el ansia de castigar, y se estremeció ante el recibimiento del rencor...

Elisa, la vio sacar la tarjeta y mirar el manojo de cables que sobresalían de la pared. Confió en que la inteligencia de su compañera, diera de sí. Pero ésta la miró con el asombro de la incapacidad de deducción lógica, y preguntó...

__ ¡Uy! ¿Poz dónde meto la tazjeta hoy?

Bastó esa tímida frase para invocar al diablo...

Elisa sonrió. Fue una sonrisa que envolvía la dulzura de la crueldad de la ley del Talión...¡Ojo por ojo! ¡Diente por diente! ¡Ahora me toca a mí tirar...!

Podía haberle explicado lo del electricista y demás, pero...¿Es que no estaba claro que se había roto el invento? ¿Por qué no miraba hacia abajo y descubría la caja naranja de herramientas? ¿Y el racimo de cables, no le sugería nada? ... ¡Cómo se puede ser tan tonto, señor!, pensó.

Elisa, maquinadora y gozosa del sabor de su turno, se levantó y le explicó dulce y paciente...

__ Hoy han venido a instalar un nuevo sistema mucho más eficaz y económico que el anterior.

__ ¿Ah, zsí? __ preguntó aquella caradura sin cerebro.

__ Sí. Es un sistema de realidad virtual. (Elisa conoce esa clase de realidad, sólo por las películas) Pasas la tarjeta por la pared y la puerta se abre como antes. ¿Verdad que es fantástico?

__ Pues zsí. ¡Ez fantáztico! ¡Eztoy anonadada! ¡Guassss!

__ baló la pobre ovejita __ ¿Poz dónde dizes que hay que pazsar la tazjeta?

__ Por la pared.

__ Bueno. Vamozs a ver...

Elisa creyó que iba a disfrutar con aquella función absurda, pero sus nervios exasperados se tensaron al ver a su compañera acariciando la pared con la tarjeta. ¡No podía ser tan estúpida como para tragarse semejante cuento!

__ No zse abre...

__ Sí. Hazlo otra vez.

Elisa pulsó el interruptor y la puerta se abrió instantánea.

__ ¡Uy! ¡Qué chuli! __ esputó el monstruo de las faltas de ortografía y la demora tempranera.

La compañera quedó tan encantada con el sistema virtual que pasó la siguiente media hora entrando y saliendo por la puerta, y acariciando la célula fotoeléctrica imaginaria.

A Elisa le cayó encima su propio cuento y pasó aquella media hora, pulsa que te pulsa el interruptor, mientras escuchaba los gritos de alborozo de la dichosa compañera.

En ocasiones, nuestras tretas, argucias, maquinaciones, se vuelven contra nosotros como si se tratara de un mal de ojo.

Elisa no merecía que aquel plan le saliese al revés, pero... ¡Ah, el destino! Si el destino se divierte y disfruta con alguno de sus incontables juguetes, es con el vulnerable parado...

Aquel trabajo, querido y perseverante amigo, duró poco. Muy poco...Pero te aseguro que no es el empleo más extraño que vas a ver entre estas páginas. Ese empleo que te tengo prometido llegará, no te preocupes, en una página que te sorprenderá en gran manera.

__ Es peor tener de jefe a tu padre como mi hermana __ apunta María refiriéndose a su hermana mayor, Sarah.

Creo que ya te he hablado de ella en una ocasión. La cantarina.

__ ¿En qué trabajaba? __ pregunta Pepe inquisidor.

María baja la cabeza...

A veces ocurre, mi amigo (o amiga) adorado, que, en una familia normal y corriente, como todas las familias, que hasta entonces todo les iba bien, o medio bien, como a todos, de repente, y sin saber por qué, la desgracia se cierne sobre alguno de sus miembros.

María se averguenza del inusitado hecho que cayó sobre su familia, cambiando el rumbo de sus vidas durante semanas. Ella no debería sentirse culpable. La desgracia fue de su hermana. Pero no te preocupes porque, aunque María me rogase que no te lo dijera, yo tengo que hablarte de ello. Algún día lo comprenderá...

El pornógrafo

¿En qué trabajaba?...

Llegó el momento antes anunciado. En este capítulo te hablaré de aquel insólito empleo que prometí que verías entre estas osadas páginas. ¿Has leído la pregunta que lidera estos párrafos? Me la temía. En un momento anterior te hablé de la escasa prudencia de los que preguntan. Ahora comprobarás una vez más la variación de tu estado anímico, tras leer este episodio. De nuevo, tengo razón. Y lo lamento... Pero es mejor que en lugar de seguir con un discurso sobre el empleo más caprichoso y anómalo en la historia de los empleos breves, pase directamente a las descripciones. En ocasiones como esta, es mejor abstenerse de opinar... (que luego todo se sabe...) porque no es que fuese un trabajo deshonesto, no. Fue un trabajo...raro.

La pobre Sarah, comenzaba su jornada a las cinco y media de la tarde, cuando su padre (padre también de Rebeca y de María) llegaba a casa. Iban en el coche por los pueblos de Madrí. Pueblos perdidos y pueblos encontrados, pueblos de pueblerinos a los que les querían colocar una película de Super 8. Y es que algunos, han hecho de todo...

Sarah, que es la de apariencia más seria pero que cuando quiere, o cuando cierta corriente de aire le da la inspiración, posee el humor británico y la sonrisa cómplice de Benny Hill, hacía todas las tardes de invierno, dos horas de viaje para cargar con un maletín negro y un paquete de catálogos de cine por las calles lluviosas de cualquier pueblo madrileño.

Como bohemios o vagabundos aparcaban el coche en la plaza del pueblo para deambular por las callejas silenciosas. Avanzaban por las aceras mojadas, sorteando los aleros, grifos de agua de lluvia que escupían litros del líquido divino, al presentir a los caminantes.

A veces, la lluvia entorpecía la entrada a cualquier establecimiento, hallando las puertas cerradas porque ningún lugareño osaba salir de las viejas casas. Sólo Sarah y su padre, con la ilusión de realizar su venta o alquiler, se atrevían, aunque encogidos y agazapados bajo sus ropas de abrigo, a callejear a las ocho de una tarde de Diciembre.

Quizá, en su interior albergaban la esperanza de que la pronta Navidad impulsara a la clientela a regalar la venida de la magia del cine a sus casas. Gracias a Dios que alguna fuente desamparada permanecía abierta día y noche, para aclarar el paladar de los futuros vendedores. Y digo futuros porque aún no se han estrenado. Y esto es fácil de comprender si te basas en la idea de que sólo hallaron abierto, el bar al que acuden los muy aburridos pueblerinos, hastiados de escuchar el murmullo de la lluvia, en el calor de sus casas.

__ ¡Super 8! ¿Y eso qué es? __ preguntaría el dueño y camarero del bar tras servirles sendos carajillos que calentarían sus ánimos y sus adentros.

__ ¡Oiga, esto no es ninguna tontería! ¡Usted puede ver las películas del cine, sin moverse de su casa! __ apuntaría el vendedor y padre de la muchacha (Ya sabes...Genio y figura...)

Te informo que en aquellos años no existía el video. Aún era un sueño, un deseo imaginado en la mente de todos los cinéfilos.

__ Pero si tengo tilivisión en el bar. Ai arriba. ¿La ve usté?

__ Sí, sí. La veo. Pero ahí usted no puede ver las películas de estreno, hasta que no pase mucho tiempo.

__ Pues, espero, ¿no?

__ Pero tendrá que esperar mucho. Un año o dos. (Xage-
raoooo)

__ Lo mimmo me da que me da lo mimmo.

Sabia respuesta, sí señor. Y es que, en los pueblos, lo
que sobra es tiempo.

__ ¿Y qué películas echan?

__ ¡De todo! ¡Tenemos de todo! __ abre el catálogo...

__ Sí que hay muchas, sí señor.

__ ¡Aquí están todas! Las que usted busque, las tenemos
aquí __ una palmadita sobre la mesa nunca viene mal para
autoreafirmarse...

__ Y esas de la "x"...esas... ¿cuálas son?

...¡Tierra trágame!, pensaría Sarah avergonzada.

__ Pues...de esas pornográficas.

Risitas al unísono entre la clientela del bar.

__ Ya veo. Pues, todo eso está muy bien, pero yo no tengo
aparato de ese...

...Pornógrafo, ¿no?...

__ De ese Super... ¡lo que sea!

__ Bueno, pues entonces nada. De todas formas, le dejo mi
tarjeta por si alguien en el pueblo tiene un Super 8.

__ Mimmamente. Pero aquí naide...

__ De todas formas. Quédesela __ apuntó el padre de Sarah __ ¡A lo mejor se lo compra dentro de un mes! Y entonces, necesitará películas, ¿no?

__ A lo mejón…

De nuevo, una sabia respuesta. Demos tiempo al tiempo…

No consiguieron vender una sola película, ni siquiera
alquilarla, pero Sarah tiene otra nueva anécdota que contar
a sus nietos.

El padre de Sarah, Rebeca y María, se fió de los consejos de quien no debía. Y ya se sabe...los consejos, son para escucharlos, pero no para seguirlos...

Se escuchan risas entre nuestros amigos. Todos conocen aquel intento y el inminente fracaso de Sarah como vendedora de Super 8.

Y es que no se ha hecho la miel para la boca del burro...(¿se dice así?). Imagina, mi ya experimentada vista, le vergüenza que debió pasar la hermana mayor de nuestras protagonistas. Y es que pedir, o vender, que para el caso es lo mismo, es un oficio que se ha inventado tan sólo para unos pocos que son capaces de tal hazaña. Y es de torpes aceptar las brillantes ideas de otro, como si fueran nuestras. Y es de sabios reconocer que algunos, no servimos para negociantes.

¿Y tú, qué opinas? Sé que parece de película, pero es la pura realidad, la vida misma. La cruel y sanguinaria vida del vendedor...

__ La verdad es que era un trabajo difícil __ apunta Pepe aguantando una sonrisa.

__ Yo hice un trabajo más difícil que ese __ explica Elisa con una carcajada oculta, que no va a dejar escapar hasta que las risas de uno de sus amigos, le den la salida.

__ No exageres...

__ ¡No! ¡En serio! Fue...de pena. En aquel trabajo, nada me salió bien...

Benditos errores

Nada me salió bien...

¡Ah, querida mirada! Ignoras el dolor del fracaso continuo. Sin embargo, podrás ver ahora con tus propios ojos, lo que puede ocurrir cuando se trabaja bajo la presión del famoso mes del que te voy a hablar, aunque invoque al mismo Lucifer. Porque el calendario del parado es de trece meses. Mal augurio. Mejor diré, doce más uno. Pues bien, el mes número doce más uno también tiene nombre como todos los demás meses. Y como dice San Juan en el Apocalipsis...Es el número de la bestia. El que tenga inteligencia, que averigue el número. Su nombre es...MES DE PRUEBA... ¿Te suena? Creo que aún no te había hablado de él. Te explicaré su naturaleza y te describiré la desazón que uno puede hallar en tal estado de limbo.

El llamado "mes de prueba", es un tiempo de espera ilimitado, pues tanto puede alargarse, como acortarse. Claro que esto último no ocurre ni en los mejores sueños. Durante ese mes, (aunque a veces se convierte en dos, tres, o doce meses) el empleado se atiene a los requerimientos de su jefe, por muy extraños y difíciles que estos sean. Prácticamente te has de tirar a un pozo si te lo piden, aunque perdieras el empleo por defunción.

El "mes de prueba" es un callejón sin salida. El jefe desea un empleado enérgico, con iniciativa propia, inteligente y audaz. Pero también exige un empleado obediente, raudo a su petición, en cualquier caso, honrado y voluntarioso, y lo más importante, que se presente ipso facto en cuanto sea llamado. Algo así como un sirviente que además de servir, piensa. Aunque sólo de vez en cuando (no se vaya a acostumbrar...) y sin pasarse de listo, ¡eh! En tal estado iniciático, el empleado se halla en un desasimiento tan grande y desesperado que ni él mismo es capaz de comprender el por qué de la dañina percepción que ha invadido su alma.

Elisa se hallaba en ese estado cuando ocurrió lo que te relataré a continuación. Así que...Abróchate el cinturón y sígueme al país de Nuncajamás. De Nuncajamás diré que sé algo, si no es así...

Hay algo que Elisa no se puede perdonar. Mintió. (¡Pecadoraaaaaarrr!) Dijo que sabía inglés durante la primera entrevista, y fue contratada. Y ya se sabe, el inglés es un idioma inaprendible que todos sabemos pero que muy pocos conocen, y seguimos asombrándonos de que alguien de la tierra (Antonio Banderas, por ejemplo) lo hable, (Claro que no es lo mismo estudiar, que casarse con "La Melani"). Pero es que nosotros llevamos veinte años estudiándolo y nada, lo mismo de siempre...que si el yes, que si el biutiful, que si el olrai. ¡Pamplinas!...

En aquel día fatal, a Elisa se le había encargado la embarazosa tarea de hablar ese idioma infernal con un señor, salvando así el cuello de su jefe, y su dignidad (algunos la tienen), ya que él tampoco hablaba dicho idioma del demonio.

Las tripas de nuestra amiga se fundían en una gran quemazón al repetir mentalmente y también en un susurro, como si se tratara de un mantra budista, las frases aprendidas que diría a continuación a través del hilo telefónico... ¡OMMMMM!...

...Hello!, this is Elisa...Can I speak with Mr. Elliot, ¿please?...

__ ¡PERFECTO! __ se dijo satisfecha __ Si lo digo igual, me entenderán perfectamente. Bueno, voy a marcar...

...Píííí...Píííí...Nervios y más nervios...Píííí... Píííí...

__ Hello! Thislisa. CanspííkElliorplisplis? __ dejó caer.

__ Sorry? __ escuchó.

__ Sorry, sí __ repitió Elisa hecha un lío __ Hello! __ volvió a decir __ Mr. Ellior, plix?

__ I'm sorry. He's not here.

__ Güat? __ articuló cada vez más confundida.

__ He's not here.

__ ¿Can I speak with Mr. Elliot, please? __ ¡Me ha salido!...

__ I'm sorry. He's not here.

__ ¡Ah, güel, güel! Ai guant, spik wiz jim güen jí com back, güen jí arraif, com back. Jí.

__ Sorry?

__ ¡Sorry! ¡Cómo que sorry! ¡Otra vez! ...Que...Ai __ dijo en voz cada vez más alta __ ...Can fal, fal, ¡No! spik himjim...

__ You fall in love with him!

(Traduzco para los menos enterados. La hija de la Gran Bretaña dijo... ¡Tú estás enamorada de él!...)

__ ¡No! ¡La tía esta, qué rollo es...! ¡Que no! ¡Cómo voy a estar enamorada de Mr.

Elliot! (¿Traduzco bien o no? Si es que...he estudiado) ...Que...can spik Mr. Elliot.

__ Ok, Ok.

__ Ya era hora...

__ I'll tell him. Goodbye.

__ Gudbai, gudbai...¡Tanto pá esto! ¡Estos ingleses son más raros! ¿Por qué no hablarán en cristiano, como todo el mundo? Si hasta conducen al revés... ¡Extraterrestres, eso es lo que son! ¡E.T.! ¡Mi caaasa...!

...Riiiiiin...Riiiiiin...

__ ¿Diga?

__ Elisa, llama a Otelo Mela esta misma tarde. Y le lees la nota que te he dejado sobre la mesa.

__ Muy bien. Vale __ contestó eficiente.

__ Que sea antes que yo regrese a la oficina, ¿vale? Salgo ahora mismo.

__ Vale. Enseguida llamo. Otelo Mela...Otelo Mela...Pues yo no lo tengo en mi agenda. ¡Qué raro! Voy a mirar otra vez...Otelo Mela...Otelo Mela...A ver en la "eme"...Mela, Mela... ¡Parezco un bebé! A ver, en la "O"...Otelo, Otelo... ¡Qué marrón! No tengo el número.

__ Me voy, Elisa. ¿Has llamado ya? __ preguntó su jefe.

__ Aún no. Enseguida llamo.

__ Muy bien. Es importante. Adiós, hasta esta tarde.

__ Adiós...Otelo Mela...Otelo Mela...preguntaré.

...Píííí...Píííí...

__ ¿Elena? Oye, mira que el jefe me ha pedido que llame a un señor esta tarde, pero no tengo el número.

__ Te dimos todos los teléfonos. Tienes que tenerlo en la agenda. ¿Has mirado bien? (¡Qué pregunta más tonta...!)

__ Pues no lo tengo. Mira a ver si lo tienes tú.

__ Mira, ahora no tengo tiempo. Recuérdamelo esta tarde.

__ ¡No, no puede ser! ¡Tiene que ser ahora! Tengo que llamar antes de que regrese mi jefe.

__ Pero es que yo ahora tengo que ir con el mío, a una reunión y no voy a poder buscártelo. ¿Por qué no bajas y lo buscas tú?

__ Vale. Ahora voy.

...Clinc...

Elisa entró en el ascensor...Mira que me molesta tener que pedírselo a Elena. Seguro que, dentro de un mes, me lo reprocha, o lo que es peor, me dirá que le debo un favor, y me tendrá una semana trayéndole el bocata...Otelo Me-la...¡vaya nombrecito!...

Las puertas se abrieron y...

__ Aquí la tienes __ le dijo Elena __ Míralo tú a ver si lo encuentras. Yo me tengo que ir a la reunión. Bueno, me voy.

__ Gracias Elena. Gracias por todo.

__ De nada. Me debes una...

...¡Lo sabía!...Otelo Mela...No lo tiene... ¡Qué extraño! ...¿Y ahora qué hago yo?...Tengo que llamar a Elena, es mi última oportunidad... Si no llamo a ese hombre dentro de diez minutos, me echarán del trabajo...

Decidida, se acercó a la sala de reuniones y llamó, golpeando la puerta con los nudillos.

__ ¿Sí? __ preguntó uno de los trajeados ejecutivos.

__ Puedo hablar con Elena un momento, por favor.

__ No __ dijo __ lo siento. Está tomando nota de la reunión.

Elisa vio el gesto de desaprobación que Elena le envió desde el interior de la sala de reuniones. La puerta se cerró y Elisa regresó a su oficina. Los minutos pasaban rápidamente y no encontraba el nombre ni el teléfono del señor Otelo Mela...Y de repente, la puerta se abrió.

__ Hola, Elisa. ¿Has llamado?

Era el jefe. El corazón se le paró en aquel instante. Su ruina había llegado. Su empleo tocaba a su fin...

__ No...lo siento.

__ ¿Por qué no?

Hubiese deseado tener una excusa mejor, como...Es que mi padre se ha muerto, y he tenido que ir a su entierro...Fíjese, qué día ha elegido para morirse...Si es que siempre ha hecho lo que ha querido...Era terco, muy terco...¡Un cabezota!...o quizá...¿Es que no se ha enterado de que el mundo se acaba hoy a las dos y media?...Seguro que tiene algo mejor que hacer para este último día...Pero no fue así, y Elisa tuvo que decir la verdad.

__ Es que...no he encontrado su número de teléfono. Y tampoco tengo su dirección en mi agenda.

__ ¡Qué raro! Te dimos todos los teléfonos. Déjame ver...

__ el jefe cogió la agenda __ ¡Aquí está! HOTEL OMELA.

...¡Ahhhhhhhh!...

__ Eso es que has mirado, pero no lo has visto.

Sabia explicación, sí señor. ¡Qué cerebro tienen algunos! Y es que...este jefe, era bueno y paciente...

...Riiiiin...Riiiiin...(En otra ocasión...)

_ ¿Dígame?

__ Buenas tardes. Está el señor...

__ No, ha salido __ respondió Elisa displicente, habiendo recuperado de nuevo la autoestima.

__ Bueno, quizá usted pueda servirme de ayuda. Necesito unos rodamientos...

...¿Rodamientos? ¿Y eso qué coño es?... (No me hago responsable de las palabras de mis personajes)...El caso, es que me suena... ¡Ah, ya!...Eso es lo que vendemos...

__ Le daré la referencia __ dijo su interlocutor __ Apunte... XXXXOOOOOOYYYY... Puede bajar al almacén y decirme como son, por favor. Quiero saber si se adaptan...

__ Enseguida. Ahora mismo bajo.

Elisa bajó, y le pidió al jefe de almacén que le diera los rodamientos. Era una pequeña cajita, la abrió, sacó los rodamientos, los miró, los observó, plateados y redondos, adornados con bolitas alrededor...¡Una monada!...y subió a su oficina.

__ ¿Los ha visto?

__ Sí __ contestó.

__ ¿Y cómo son?

__ Pues, son.... movibles.

Silencio absoluto.

__ Bueno, déjelo. Cuando vuelva su jefe, dígale que me llame. Muchas gracias.

...¡Qué grosero!...Yo le he dicho como eran...

...Riiiiin...Riiiiiin...

__ ¿Dígame?

__ ¿Está el señor...?

__ Sí. Un momento, por favor __ túúúú, túúúú __ Señor...Le llaman por teléfono.

__ ¿Quién es?

Lo había olvidado. Elisa había sido advertida varias veces de que debía pronunciar las mágicas palabras que un jefe necesita que diga su secretaria, para responder, salir corriendo, o hacerse el ausente. Esa famosa frase que dice...¿De parte de quién?

Debía buscar una respuesta, y rápido. Cualquier cosa antes que reconocer que había olvidado, una vez más, las dichosas palabritas.

__ Elisa. ¿Quién es? __ repitió su jefe.

__ Su padre. Le llama su padre.

__ ¡Elisa!

__ ¿Qué?

__ ¡Mi padre murió hace diez años!

__ ¿En serio? (No tiene arreglo esta chica...)

...Riiiiin...Riiiiin...

__ ¿Dígame?

__ Quiero hablar con el señor..., por favor.

...Esta vez no se me olvida...

__ ¿De parte de quién?

__ ¡Y a usted qué le importa!

...¡Ahhhhhhh!...

Cuando las cosas se ponen a salir mal, salen peor. Una detrás de otra, las circunstancias, los errores y los despistes de un principiante, y ser humano, al fin y al cabo, llevaron a Elisa al despido involuntario, que es, eso que nadie quiere hacer pero que al final lo hacen, aunque uno no quiera...

¿Te has enterado de algo? No, ¿verdad? Hay que fijarse en los detalles...

Triste, ¿Verdad? Pues hay cosas más tristes, te lo aseguro. Sigue a mi lado y lo comprobarás por ti mismo.

¡Ah, y no olvides los Cleenex...!

__ Si es que esto es más difícil...Ya te digo, ni, aunque fueras de pedigüeña __ apunta Elisa sobrada de razones __ Ni suplicando encuentras un empleo en condiciones.

__ Es verdad. Ni pidiendo __ asegura María.

__ ¿Has ido de pedigüeña alguna vez? __ pregunta Pepe ignorando las aventuras y desventuras de un parado en apuros.

__ Sí, hijo. Pero nada... ¡No tengo suerte! Algunos nacen con estrella, y otros, nacemos estrellados...

Las pedigüeñas y el aristogato

Y otros, nacemos estrellados...

¡Ah, la suerte! Fiel amiga del que ya alcanzó el éxito... ¡Ah, el éxito! Eterno ganador que adorna al bien nacido... ¿Por qué se ha de hacer tan arduo y costoso el alcanzar aquello que deseamos? Si deseáramos el mal para nuestros hermanos, entendería que al azar nos lo negara, mas si nuestro deseo es un reconocimiento de nuestro trabajo... ¿Por qué no podemos conseguirlo? ¿Acaso el trabajador no lo merece?

¡Pobres empleados que no ascienden por la escalera del éxito profesional! ¡Pero más pobres aún, aquellos que aspiran tan sólo a ser empleados!

Yo puedo dar fe de la mala suerte de María, la cual, habla con gran sabiduría en la frase que encabeza este texto. Voy a llevarte hacia su desventurada súplica de uno de los derechos del hombre. Y de la mujer, que, aunque ha llegado unos siglos después, tiene idénticas aptitudes para el trabajo.

SILENCIO... Escucha sólo mi voz angustiada que te guía hasta un, gracias a Dios, vago recuerdo de su juventud.

...¡Pííííí!...El desagradable primer sonido de la mañana...

María abrió los ojos de golpe, como si la mañana rompiera el precinto de garantía que los une al sueño (estado apacible que nos ocupa media vida, y cuya utilidad no entienden los impacientes).

...¡Maldito despertador!...Mi corazón late más rápido que su tic-tac... ¿Ya son las ocho?... ¡Qué rápido ha pasado!... Juraría que me acabo de acostar...Bueno, aún tengo tiempo de dormir un poco más. A las ocho y cuarto volverá a sonar... ¡He tenido un sueño precioso!...Quiero volver a soñar...

...¡Píííí!...

...¿Ya ha pasado un cuarto de hora?...Ahora tendré que correr...

María estiró los brazos bajo las sábanas. Le gustaba sentir el agradable calor de la cama, y presentir el frío que acechaba fuera de ella...No me apetece nada levantarme... pensó.

Llovía. Podía oir el ligero cuchicheo de la lluvia y sintió escalofríos.

Yo también detesto esa lluvia tonta que te va calando poco a poco. Tu piel, bajo la ropa, no la nota, pero tu pelo se va tornando fosco y parece que no te lo hayas lavado en dos semanas.

...Bueno, tengo que levantarme, aunque me encantaría dar media vuelta, cerrar los ojos, quedarme dormida, y volver a soñar...Así...

__ ¡Despierta, María! ¡Ya son las ocho y media!

...¡Qué pasa!...Era Rebeca...

__ ¡Qué susto! Menos mal que me has llamado. Me estaba durmiendo otra vez...Bueno, ¡Arriba!

Se incorporó sobre la cama, retiró la sábana, la manta, el edredón...¿Cómo puedo dormir con tanta ropa?...Extendió la mano hacia el suelo para buscar las zapatillas...Ayer las dejé bajo la cama, como siempre...Aquí están...Metió los pies dentro de ellas, evitando pisar el suelo, y se levantó...He pisado con el pie izquierdo. ¡Mal asunto! Justamente hoy que necesito suerte...

Su cuerpo se reflejó en el espejo... ¡Vaya pintas!... Levantó un poco la camiseta del pijama. Se miró de perfil...Estoy mucho mejor de perfil...Se puso de frente...He vuelto a engordar. ¡No tengo ni idea de lo que me voy a poner! ¡Si tengo cuatro cosas!...

Podía escuchar a Rebeca que se movía dentro del cuarto de baño, (altar de sus rituales estéticos) revolviéndolo todo, abriendo y cerrando puertas como Gloria Stephan. A María nunca le ha gustado oir ruidos a esas horas vespertinas...

...Ahora tendré que esperar a que salga. ¡Con lo que tarda en la recreación de su imagen!...

Se acercó a la ventana, levantó la persiana, descorrió las cortinas... ¡Qué asco de día!...Era gris. La vida es gris a las ocho y media de la mañana.

Había dejado de llover había unos nubarrones acechando, esperando a que María saliera de su casa, para descargarse. El viento soplaba desafiante, silbaba sacudiendo los árboles, enfadado...A María no le gusta el viento. Siempre le estropea el pelo. Suele decir...Te pasas una hora peinándote, y él, en unos segundos, despeina tu obra...

...Si fuese verano...soñaba...Si fuese verano, ¿Qué?... Todos los años digo lo mismo, y luego, llega el verano y no lo disfruto porque me aso...Pero no me importa. Odio el invierno...

Yo, opino lo mismo. El cruel invierno viene sin avisar. Lo presientes cuando coges el primer resfriado, y te mete el frío en el cuerpo, en los huesos, y te obliga a ir vestido con tres capas de ropa como si fueses una cebolla.

Perdón por el inciso. No he podido evitarlo...

María abrió el armario y sacó la bata. Una bata rosa pálido que le sentaba fatal, pero abriga. Mientras se la ponía, pensaba en los distintos atuendos que podría vestir aquella mañana. Ni demasiado arreglada para no exagerar la ocasión, ni demasiado informal para no parecer desinteresada...No importa...De todas formas, nada me queda bien. ¡Si es que no tengo ropa...!

Oyó la puerta del cuarto de baño que se abría. Entró, se miró en el espejo, se lamentó de su pobreza estética, entró Rebeca, le dijo algo mientras se lavaba la cara... ¡El agua está helada!...pensó.

Rebeca la saludó. María emitió un sonido gutural que pretendía ser un... ¡Buenos días! ¿Cómo has pasado la noche? ¡Hace un día precioso! ¿Qué quieres para desayunar?...pero sonó...Brrrrrr...

Desayunar...Otro de los rituales matutinos que nunca cambian. María sacó la leche de la nevera, llenó la taza hasta la mitad para poder echar después un poco de leche fría, porque sin saber la razón, su café siempre está tan caliente que se quema la lengua. Y todos sabemos cuán desagradable es esa sensación de lengua acartonada que perdura todo el día. Como si masticaras un trozo de cartón...

Vertió la leche en un cazo, lo puso sobre el fogón, pulsó el encendedor...clic, clic, clic... ¡Este chisme nunca funciona!...¿Por qué en esta casa no se usa algo tan primitivo y tan usual como una cerilla?...clic, clic, clic...¡Qué alarde de modernidad!...clic, clic, clic, ¡puaf!...¡Por fin!...Huele a gas...

Dejó la leche calentándose y volvió al cuarto de baño. Se quitó la bata, las zapatillas, los pantalones del pijama... ¡Qué frío!...Se subió a la báscula...derecha, izquierda, ya se ha parado. Miró hacia abajo con valor y entereza para aceptar la sentencia de la realidad de sus kilos...Cincuenta y seis... ¡Me sobran seis kilos!...

¡Oh, la grasa! ¡La temida grasa...! Ese sebo animal, enemigo mortal de los adolescentes y de los que ya no lo somos. Esa sustancia infernal y amorfa que se pega a los huesos con ahínco desenfrenado y un deseo tenaz de permanecer. Se adhiere a tu silueta como una medusa, y se apodera de tu verdadero perfil con lascivia, con lujuria...Y piensas...Si no me hubiera comido ese pastel de chocolate...Pero ya es tarde para lamentarlo...

A veces, María ha sentido un repentino deseo de tirar la báscula por la ventana, pero las rejas del sentido común, se lo impidieron.

Regresó a la cocina al percibir un olorcillo a quemado...¡La leche!...La leche del desayuno se desbordó por encima del cazo...¡Ya se ha pegado!...Bebió un sorbito...¡Vaya, está frío! ¡Demasiada leche sin calentar! ¡Nunca atino con la medida!...Sacó la mantequilla y untó un poco con el cuchillo sobre una tostada integral. Dio el primer mordisco a la tostada y... ¡Cómo no!... La tostada se desintegró en pedazos que cayeron en sus manos, pringándolas de mantequilla oleosa.

Y es que... ¡No hay nada más frágil que una tostada integral!

Terminado ya el sabroso desayuno, regresó a su habitación. Abrió el armario... ¡No quiero ni pensar en lo que me voy a poner!... Se puso sus usuales pantalones, aquellos que tiene para las ocasiones en las que nada le queda bien, es decir, aquellos pantalones que usa a diario. Se calzó los botines, un jersey, y regresó al cuarto de baño... ¿Va muchas veces al baño, ¿no?...Entró... ¡Apesta a tabaco!...

María nunca ha comprendido, a pesar de ser fumadora, como Rebeca puede aspirar una sola bocanada entre pecho y espalda de un Ducados, antes de desayunar. ¡Qué vicio! No me extraña en absoluto que sus despertares sean con bruscos ataques de tos y alguna que otra escupidera.

Se miró al espejo otra vez, sacó la bolsa donde guarda los secretos de su maquillaje. Unos polvitos por aquí, un poco de sombra por allá... ¡Parezco Ana Torroja!... carmín en los labios...¡Ya está! ¡Parezco otra!...

Es asombrosa la cantidad de dinero que gastan algunas mujeres en sus pinturas de guerra. Porque eso es lo que son esas pinceladas, no creas que es otra cosa...

En los cosméticos, como en casi todo, la moda también señala las tendencias que han de llevarse y aquellas que hay que deshechar cada temporada. María, sin embargo, no recuerda cuando fue la última vez que compró un cosmético. Y tampoco gasta demasiado tiempo en aplicarse sobre la cara, algunos colores que le hagan más agradable a la vista de otros.

Pero la mayoría de las mujeres hacen de ello una auténtica ceremonia. No obstante, quizá lo que robe más tiempo a una mujer y puede que también a un hombre, es el cuidado del cabello. En eso, María no es demasiado afortunada. Al contrario que su cara que normalmente no necesita aditivos para aparecer más dispuesta, su pelo es lacio y flácido, y como he dicho anteriormente, tiene pasión por su espalda a la que se adhiere con verdadero frenesí.

Y aquél era uno de esos días en los que por mucho que echase mano de potingues y el violento aire del secador, no fue capaz de darle el volumen y la gracia que le hubiese gustado tener. Ni siquiera pudo cambiarlo de posición. Se había quedado, ¿Cómo lo diría?, hacia la derecha, y no hubo manera de hacerle entrar en razón. Nunca había imaginado que el cabello entendiese de política...

Lo dejó por imposible y salió del cuarto de baño resignada a no poder adquirir la imagen deseada, y es que la imagen es algo de suma importancia en nuestro mundo artificial de hoy. La imagen puede darte una serie de dones o virtudes morales inimaginables, pero absolutamente reales.

Me explicaré. Si te ves guapa, (o guapo, para los machos) delgada y bien vestida, (las altas pueden agregar un atributo más, del que yo carezco), adquieres una seguridad en ti misma que indudablemente va a provocar la buena resolución de las cosas.

Esa confianza eleva tu espíritu, tanto si es para aumentar tus aptitudes intelectuales, como si tienes la pretensión de ocultarlas. (Lo siento por las feministas. Esto no va para ellas).

No nos engañemos pensando que lo único importante es la guata que rellena a un muñeco de trapo. No es eso lo que induce a un niño a comprarlo.

El sentido que más deprisa percibe es la vista, y la belleza entra por los ojos. Haya o no haya materia gris, la mujer que adquiere seguridad gracias a su imagen, emitirá a través de sus palabras y gestos, una ondas de plenitud que confunden y convencen con mayor facilidad a aquél que la mira.

Claro que, si tras una buena presencia se oculta una gran personalidad y un cerebro portentoso (Como suele ocurrir en casi todas las mujeres, salvo excepciones muy raras...), el magnetismo aumenta.

Creo que esa es la confianza que Rebeca pretende encontrar con largas horas de autorrealización física. Es curioso comprobar que no obra de la misma manera cuando en su mente no está la necesidad de conseguir algún propósito. Si va a hacer la compra o a llenar el depósito del coche, se conforma con un ligero retoque de cabello y rostro, y su ropa es más cómoda y sencilla.

Supongo que estos acontecimientos pertenecen también a los hombres, pero entre las féminas, también puede aparecer un sentimiento contrario.

Esa estabilidad que regala la belleza puede llegar a faltar por una u otra razón. Si esta decae, si tu rostro se va ajando poco a poco, si los michelines estiran tu piel, si las estrías se adueñan de las partes más recónditas de tu cuerpo grabando ríos en tu piel, la pérdida de la confianza le puede llevar a la depresión.

Entonces, la mujer comienza a odiar los espejos que antes eran amigos y aliados, pero no por ello deja de reflejarse, y cuanto más lo hace, más se hunde en el fango del declive.

Se comprende que así, con una opinión tan negativa de sí misma, la mujer frene sus pasos en la carrera hacia el éxito personal. Lo que no entiendo es lo de los hombres, porque hay cada uno...que, si lo miras, te asusta, ¡oye! ¡Qué tesón!

Rebeca encuentra la certeza de sus posibilidades en su belleza. María, más realista y conocedora de sus limitaciones, intenta encontrar esa añorada seguridad en su interior. Pero no puede negar que cuando se siente guapa, es increíblemente más capaz de cualquier cosa, y por tanto más feliz.

Rebeca terminó al fin, cogieron los abrigos y se prepararon para el frío. Antes de salir, cuando atravesaba el pasillo hacia la inquietud de la calle, María vio aquella postal que cuelga del marco del espejo de su habitación.

Es un paisaje de una playa de Venezuela. Un trozo de mar tranquilo se arrastra sobre la arena ocre, en la que se levantan unas sombrillas de paja, dispuestas a modo de oasis artificial. Detrás, hay un verde y tupido bosque de palmeras que rodea y encierra la cala.

Miró la postal, cuyo paisaje le provocó una sana envidia y la nostalgia de un paraíso nunca visto. Sobre el agua de aquel pedazo de mar (lágrima divina según lo llaman algunos) flota una pequeña barca vacía, y María sintió que era a ella a quien esperaba. Deseó embarcar, volar sobre las aguas azules, y desaparecer...

Cada vez que de su mente emanan estos pensamientos egoístas de paz, aparece un nudo en su estómago que le recuerda que la realidad está fuera de la paradisíaca fotografía.

Regresó al mundo y salió a la calle, y sintió el golpe del frío que se aplastó contra ella. El viento le golpeó el rostro y enredó su cabello. La lluvia empañaba los cristales del coche mientras escuchaba el movimiento rítmico del limpiaparabrisas. Sus dientes castañeteaban sin que pudiera evitar el movimiento nervioso de su mandíbula.

Rebeca introdujo la llave. Primer intento y el coche no arrancó. Miró a María. No dijo nada y volvió a intentarlo. El coche se resistió. No lo culpó. Había pasado la noche a la intemperie.

__ Está frío __ dijo con la mirada distante.

No fue sólo la frialdad del motor lo que le impidió arrancar, fue también su enfado. Estaba enojado porque querían aprovecharse de su amabilidad al pretender que les concediera sus favores, tras una noche de sueño desocupado.

Rebeca ni siquiera le había echado una lona por encima. Tampoco lo había guardado en el garaje, (y es que esa estancia la quiere tener todo el mundo, pero luego nadie la usa). Se fue a dormir tranquilamente sin acordarse del lamentable estado en el que dejaba a su compañero de aventuras.

...¡Y ahora pretende que la lleve!...pensaría el transporte particular... ¡Ni siquiera me lo ha pedido por favor!...

Lo cierto es que nunca nos acordamos de los coches. Nos llevan, nos traen, presumimos de ellos, pero dejamos que se congelen en invierno y aguanten callados, en verano, a que el sol disuelva su pintura y eleve la temperatura del motor hasta que exhala un vapor y un olor tan ardiente que parecen brotar del propio infierno.

Ultimo intento de Rebeca...ran, ran, ran...y por fin, arrancó...trrrrr. El coche empezó a moverse. Rebeca encendió la radio. Ese benigno artefacto que nunca calla. De día o de noche, siempre que lo necesites, habla incansable o lo que es aún más cansado, canta. Con la austeridad y tristeza de su aspecto, (la mayoría son negros, y que conste en acta que no soy racista. Eso es para los muy ignorantes) es imposible predecir la alegría que demuestra.

Es quizá, el más conformista de los objetos. Cualquier música es buena para que él la interprete. Cualquier palabra, cualquier frase, cientos de temas sobre los que poder charlar. No escatima ideas ni reduce palabras. Sabe de todo y de todo habla sin parar. No se limita. A veces vibra, y pienso que está enfermo, pero en realidad es que siente en todo su cuerpo, cada una de las notas que emite. Y aún cuando la electricidad no fluye por sus venas, se mantiene vivo aguardando una nueva transmisión.

María frotó el cristal de su ventana con la mano para encontrar un agujerito entre las gotas de agua, por el que pudiera ver el paisaje urbano. Sólo acertó a ver unos gorriones grises, como peonzas, que bebían sedientos el agua sucia de un charco.

El coche siguió avanzando por la calle y su estómago se sobrecogió. Sus nervios son algo que nunca ha podido controlar. Como si un gran gusano se retorciese dentro de sí, así se siente cuando está en período de espera, mientras piensa, medita, imagina lo que va a decir, la sonrisa que le va a dedicar a aquél a quien se va a vender.

Quizá exagero un poco, pero es una especie de venta esto de buscar trabajo. Tienes la ventaja de conocer el producto, pero quizá al comprador no le gusten las condiciones, o simplemente busque otro producto. Hay que tener cuidado. No puedes venderte ni demasiado caro, ni demasiado barato, pero... ¿Cómo encontrar el equilibrio entre tus necesidades y las del comprador?

Así mendigaron Rebeca y María, aquella mañana, un honrado puesto de trabajo. Se acercaron a una de las naves del polígono industrial en el que comenzaría su búsqueda.

Mientras se dirigía a la puerta, María pensaba en dejar que fuese Rebeca quien hablara, aún a sabiendas de que la próxima vez, le tocaría a ella pronunciar la frase que, en ese momento, le parecía tan vergonzosa... ¡Hola! Venimos a ver si necesitan a alguien para trabajar...

Explicaré el por qué de su vergüenza, a pesar de que es bastante obvio. María siempre había pensado que trabajar era un deber, una obligación que las personas debían cumplir al llegar a la edad adulta. Pero cuando alcanzó la mayoría de edad, tras haberse preparado como cualquiera, comenzó a madurar el pensamiento de que ejercer un empleo es un derecho. Creo que esa es la mejor definición que he escuchado hasta ahora.

TRABAJO= Dícese del derecho que las personas deben ejercer por voluntad propia, al alcanzar la edad adulta.

Puede que más que una definición sea un sueño de tiempos pasados, pero para María y para muchos de sus compañeros de viaje, ha llegado a convertirse en un mito. Es algo de lo que algunos hablan porque conocen, y otros comentamos con la misma vacilación que cuando hablamos de Dios. Ya sé que el mérito está en creer sin ver. Pero en aquellos días, María, como Santo Tomás, necesitaba experimentarlo por sí misma.

Se acercaron, llamaron a la puerta, y María enmudeció ante la presencia del encargado. Rebeca se ocupó de hablar, y lo que parecía que iba a ser una simple pregunta y una respuesta breve y negativa, pasó a ser una animada charla con el hombre que, aunque indeciso, las hizo pasar a su oficina y les pidió sus datos por si alguna noticia de empleo llegaba hasta sus oídos.

Siempre me sorprenden gratamente las reacciones de algunos…

Aquel primer encuentro tornó sus ánimos hasta entonces abatidos, en un temperamento capaz de seguir mendigando y protegido por el más fuerte de los escudos, el sentido del humor (¿Qué haríamos sin él?).

La mañana acabó con todas las peticiones posibles dentro del polígono, y dispuestas, corrieron a otro. Pero como todos los recibimientos no pueden ser igual de hospitalarios, recibieron también la expresión de asombro y la respuesta borde del hombre más agrio que conocieron aquella mañana.

Y el sabio refrán…El hábito no hace al monje…se reflejó en el tipo trajeado que portaba un maletín. ¡Cómo no! El maletín en los ochenta, era como el móvil ahora.

__ ¿Trabajo? __ preguntó con las comisuras de su boca hacia abajo, como un payaso triste __ ¿Y quién les ha dicho que ofrecemos trabajo?

__ No nos lo ha dicho nadie __ contestó María porque aquella vez le tocó hablar... ¡Qué lástima, no haber empezado la primera!... ¡Ahora no me tocaría este tío!... __ Venimos a preguntar si lo necesita.

__ Ya, pero es que no entiendo __ continuó __ ¿A qué se refiere?

...TRABAJO... ¿Le suena?...Eso que hace usted cada día durante ocho horas...pensó para sus adentros.

__ Se nos ocurrió venir a preguntar si...

__ No, no. ¡Vayan a preguntar a otro sitio! ¡Aquí no nos hace falta nadie!

...¡Podía haberlo dicho antes y me habría ahorrado la explicación!...pensó María... ¿Qué explicación? ¡Si no me ha dejado hablar!...

__ Bien, entonces, gracias. ¡Hasta luego, Lucas!

__ ¿Qué?

__ Que... ¡Hasta luego! Y...gracias.

...¿Gracias? ¡Gracias por nada! ¡Gracias por demostrarme que aún existen tíos déspotas y prepotentes! ¿LLeva usted su corazón en el maletín? ¡Lo tiene tan escondido que soy incapaz de verlo!...

Para acabar el día con buen pie, decidieron acercarse hasta una residencia de ancianos, por si las moscas...Su imaginación había asimilado muy bien la idea de velar por la ancianidad, antes de pulsar el timbre. Entre risas por las remembranzas resucitadas de inexistente benevolencia del señor anterior, la puerta crujió al abrirse tan sólo unos centímetros. La cara alargada y paliducha del mayordomo de los "Aristogatos", apareció ante ellas, y susurró... ¿Quién?...

__ ¡Hola! Venimos a ver si necesitan a alguien para trabajar __ contestó Rebeca, rendida.

__ Pues, no. No necesitamos a nadie.

Dieron media vuelta y...

__ Bueno, a lo mejor vamos a necesitar chicas de la limpieza. ¿Les parece bien?

__ Sí __ dijo Rebeca dispuesta a probar de todo en esta vida __ ¡De lo que sea!

...¡Hombre! Tampoco te pases...rogó María con el pensamiento.

__ Pero ahora no. Sería para más adelante.

Volvieron a dar media vuelta y...

__ ¿Tienen experiencia? __ (Pregunta de lo más absurdo).

Carcajadas en el interior de sí mismas...

__ Hombre... No, profesionalmente, pero... __ explicó Rebeca. __ Claro __ susurró el caballero __ Supongo que cualquier mujer sabe de eso porque lo hace en su casa.

...Supone usted bien...caviló María... ¡Ay! ¿Qué es eso? Algo me araña las piernas por detrás...

__ ¡Hola gatito! __ carantoñas __ ¡Qué bonito eres!...Debe ser un aristogato...__ Anda no me vayas a romper los pantalones, rico...

__ Lo que pasa es que hace unos días vino la inspectora, y dijo que no teníamos al personal de la residencia en regla.

...Debía ser muy delgada la inspectora para poder pasar entre los diez centímetros que hay desde el cerrojo hasta su cara...

__ Dice que no tenemos personal titulado en geriatría, pero las personas que trabajan aquí, están desde hace muchos años...

...Apuesto el empleo a que sí. Seguro que este aristogato no las deja pasar de la puerta. ¡Pobres condenados! ¡Ay! Gatito, bájate de mis rodillas traseras. ¿Por qué me habré puesto estos pantalones?...

__ Pero ya saben cómo son estas cosas. Tenemos que pasar la inspección y....pero, quizá necesitemos a chicas de la limpieza para más adelante __ repetía __ Pasaros por aquí dentro de unos días o mejor dentro de unos meses, ¿sabes?, a ver si entonces...pero ahora, no, no puedo...no, ahora no.

...¡Me encanta su claridad! ¡Qué suaves susurros, concisos y claros! ¡Ay! ¡Bájate gatito! ¡Respeta estos pantalones que son de uso diario!...

__ Entra...(No sé quién...) __ ordenó al gato el caballero.

__ Bueno, pues muchas gracias por recibirnos.

...¡Qué educadamente embustera es Rebeca!...

__ Adiós.

__ Adiós, y lo siento. Pero ahora no podemos contratar a nadie...

...¡Ya, ya lo ha dicho usted antes! ¡No se esfuerce más, hombre! ¡Déjelo! Si total...

Eso les pasa por ir de lo que no son. ¿Acaso creían que su orgullo, aunque pequeño, no iba a ser dañado? ¿Pensaban quizá que alguien les echaría una mano? Ni a un perro se le echan los huesos, en esta época en la que nada sobra y todo es aprovechable. En estos años en los que las empresas son negocios familiares y las no empresas, también. En estos años en los que, sea cual sea el oficio de cada uno, va siempre acompañado por su hermano, su padre, o su tío. Y es que así, con el enchufe de ser familiar, no hay quien pueda. Pero, también tienen razón. ¡Cualquiera se fía de los de fuera! Si la gente no se fía ni de los de dentro...

__ Pues, creo que os salió de maravilla __ ríe Elisa.

__ Bueno... ¡No estuvo mal! Reconozco que yo lo imaginaba mucho peor __ confiesa María __ Creí que me iba a dar más corte.

__ A todo se acostumbra uno en esta vida...

La última advertencia

Bien...Hasta aquí hemos llegado. Tú y yo, unidos en la sombra, hemos dado a luz a unos seres que continuarán viviendo y luchando, aunque nosotros no les observemos. Aquí se acaba este medio de consolación o de consuelo, para el desempleado.

Ahora, debería hacerte la pregunta de rigor... ¿Te ha gustado esta especie de método ejemplar de experiencias ajenas, para el aspirante a trabajador? ¿Has disfrutado con este Ars Laborandi, que como el Arte de Amar (Ars Amandi) del gran Ovidio, alecciona a la juventud contemporánea contra las desavenencias de la búsqueda de empleo?

Quizá tu respuesta es negativa. En ese caso, discúlpame por creer que lo que aquí he relatado, podría interesarte. Pero si, por el contrario, has saboreado gratamente cada una de estas lamentables historias, te invito a que disfrutes en años próximos (aún no sé cuántos. Yo también espero que no sean muchos...) del siguiente manual, que en esta ocasión será para el trabajador que ya ejerce. Serás avisado cuando llegue a las librerías que es donde debe estar (...Padre nuestro que estás en los cielos...) Demos tiempo a que tu situación sea esa, la del trabajador, al fin.

Curiosa e intimidante coincidencia, quizá causal, que no casual, la de terminar esta instrucción que te ha iniciado en esta popular andadura, en el capítulo número... (si quieres saber cuál es, míralo. Yo no lo voy a pronunciar siquiera.) Confío en que no signifique lo que me temo. Y es que, al fin y al cabo, yo también soy un parado, y como tal, poseo muy mala suerte.

También ha llegado el momento de que me presente ante ti. Soy la autora de esta singular y siniestra historia. Aunque creo que su originalidad ha sido engullida por mis conciudadanos, mis paisanos, y mis congéneres, en aras de una pluralidad colosal y cosmológica. Y como aquí no se salva ni el apuntador, prefiero pensar que algún día, la bestia negra (el paro) se extinguirá por no ser autóctono de nuestro ibérico espíritu trabajador. Prefiero soñar que los científicos de economía y trabajo, descubrirán la vacuna contra esta horrible epidemia, a creer que seguirá siendo inútil mi prosa.

Si este manuscrito se queda oculto en un cajón, tristemente olvidado, no podrá ayudar a nadie, y sé que los demás lo necesitan, aunque sólo sea para reír. O para consolarse, porque ya lo dice la sabiduría popular...Mal de muchos...consuelo de parados.

Sin querer emular, con vanidad alguna, al sabio Ovidio Nasón, a quien admiro profundamente por sus conocimientos sobre el amor, te regalo este Arte de Trabajar para que te sirva de ejemplo de algo que, ruego a Dios, no te ocurra.

Querida mirada soñada que tanto deseo convertir en realidad. Espero y confío en que no seas uno de ellos, los afectados, y que te dure mucho tiempo esa felicidad. Créeme, sólo quiero tu tranquilidad de empleado fijo o indefinido que no es lo mismo, pero es igual. ¡Lagarto, lagarto!

Rezaré para que nunca te falte el oxígeno-bis, querido... LECTOR... ¡Uf! ¡Al fin he pronunciado esa dulce palabra! Tu nombre genérico, lector de mis sueños, lo pronuncio con la fe y la esperanza de que algún día existas y lleguen hasta ti estas divinas palabras.

¡Ah! Se me olvidaba. Despídete de ellos...

__ Bueno. ¿Qué vamos a hacer mañana? __ pregunta Pepe frotándose las manos como una mosca dispuesta a hincar la trompa en un nuevo y maravilloso fin de semana. (Adiós, tío. Y búscate un buen trabajo...)

__ Pues, no sé. ¿Qué vamos a hacer? __ Rebeca acepta sugerencias. (¡Ciao! Y espero que no tengas que hacer de todo).

__ Podemos ir al... __ sugiere Elisa con decisión. (¡Hasta lueguito! ¡Y cuidado con los jefes!)

__ ¡No! ¡Ya fuimos el sábado! __ niega y argumenta María. (No te olvides de mí, ¿eh? Y no te arregles demasiado, no sirve de nada).

__ Vamos al... __ ofrece David. (¡Hasta luego! Y sigue estudiando. Total, hay cosas que son para toda la vida).

...No, mejor al... ¿Y por qué no al...? ...¡Eso es un rollo, tía!... ¡No me gusta ese sitio!... ¡Está lleno de pulpos!... ¡Y de mirones con la baba en la moqueta!...

...Risas...murmullos...tropiezos de palabras... más risas... exclamaciones que pisotean a palabras ya dichas... zancadillas de latiguillos...y...

Saldrán mañana. Al final, pese a todo y como siempre, saldrán de fiesta un viernes más. Aunque en realidad no les apetezca por falta de ilusiones, uno de los peores síntomas. Pero es viernes, y los viernes, el paro duerme...

Y los parados, se divierten...